O S C A R W I L D E

奧斯卡・王爾德

王爾德童話故事集

The Happy Prince and Other Tales & A House of Pomegranates

林子揚 譯

堡壘文化

從白晝走入月夜，兩種筆觸下的童話世界

本書《王爾德童話故事集》完整收錄王爾德一生僅有的兩部童話經典《快樂王子》與《石榴屋》。王爾德的童話沒有典型的美好結局，寫盡人性的悲傷與真實，卻能同時看見潛藏其中的溫柔與光亮。本書精選兩位插畫家的經典作品，重新詮釋王爾德筆下的兩面性，查爾斯．羅賓遜描繪日光般的純真，班．庫契刻劃月夜裡的深沉。接下來，將走進這場跨越百年的視覺對話背後，他們各自的人生與筆觸下的童話世界。

查爾斯．羅賓遜

Charles Robinson

1870-1937

細膩筆觸下的溫柔童話

圖｜The Happy Prince and Other Stories（1888）

出生於英國，新藝術風格代表人物之一。父親是一名插畫家，查爾斯自幼與哥哥湯瑪斯．羅賓遜和弟弟威廉．羅賓遜一同在充滿藝術氣息的家庭中成長，三兄弟最終都投身插畫創作。

查爾斯為許多經典童話與兒童書籍繪製插圖，如《愛麗絲夢遊仙境》、《格林童話》、《祕密花園》等。他擅長運用鋼筆與水彩兩種媒材，鋼筆作品線條優雅流暢，常以裝飾性邊框增添視覺張力；水彩作品色彩明亮、層次豐富，展現細膩且夢幻的氛圍。他喜愛天使、精靈等神話主題，這些元素經常出現在他的插畫中。

《快樂王子與其他故事》的插圖延續了他一貫的風格，以柔和筆觸與細緻線條，描繪出明亮而安靜的畫面。故事中的悲傷、犧牲與別離，彷彿被溫暖的日光輕輕包覆，銳利中多了一份溫柔。

班・庫契

Ben Kutcher

1895-1967

剪影線條裡的沉默寓言

圖｜A House of Pomegranates (1918)

出生於基輔，十歲時隨家人移民美國。自幼展現藝術天分，獲得賓夕法尼亞美術學院獎學金，後來前往歐洲深造。歸國後，他帶回一系列以俄羅斯芭蕾舞團為主題的插畫，這些作品巧妙結合了表演藝術與視覺藝術的特色，展現出獨特又鮮明的個人風格。

庫契的創作橫跨插畫、書籍設計與舞臺藝術。曾為多部童話、詩集與經典文學繪製插畫，如《雪后》、《維納斯和阿多尼斯》等。他擅長運用鋼筆、水彩與拼貼等多元媒材，經常在創作中結合繪畫與拼貼元素，疊加不同材質，營造豐富的視覺層次與現代感。黑白對比與密實構圖也是他標誌性的手法，為畫面注入戲劇張力。

《石榴屋》的插圖多以黑白剪影構成，運用強烈對比的畫面語言，描繪幽微而內斂的情感。王爾德筆下的銳利與孤寂，經由他的詮釋，在月光下悄然展開，安靜、隱晦，卻格外清晰。

目錄

CONTENTS

石榴屋

特輯

快樂王子

THE HAPPY PRINCE

AND OTHER STORIES

BY OSCAR WILDE

繪｜查爾斯・羅賓遜 Charles Robinson

快樂王子

THE HAPPY PRINCE

在這座城市的高處，快樂王子的雕像矗立在一根高柱上。他全身覆蓋著薄薄的金箔，眼睛是兩顆閃亮的藍寶石，還有一大顆紅寶石在他的劍柄上閃爍。

他真的很受歡迎。一位想讓大家知道自己很有藝術品味的市議員說：「他像風向儀[1]一樣漂亮。」隨即又補充：「只是沒什麼用處。」他是擔心別人覺得自己不務實，但他根本就不務實。

「你怎麼就不學學快樂王子呢？」一名世故的母親問道，她年幼的兒子正哭鬧著要月亮。「快樂王子連做夢都沒為任何事哭鬧過。」

1 譯注：用來表現風向的裝置，通常為雞形，設在建築物頂端。此處帶有諷刺意味，表示美觀卻缺乏實用性。

「至少這世上還有個真正快樂的傢伙，真讓我欣慰。」有個沮喪的人凝視著這座奇妙的雕像喃喃說著。

「他看起來像是天使！」慈善學校那些困苦的孩子穿著鮮紅色的斗篷和潔白的圍裙，從大教堂走出來時說道。

「你怎麼知道？」數學老師問：「你又沒看過天使。」

「啊！但我在夢裡看過。」孩子回答。數學老師縮起眉頭，一臉正經，因為他不贊成孩子做夢。

某天晚上，有隻小燕子飛過城市的上空。他的朋友們早在六個星期前就飛往埃及了，他卻因為愛上一株最美麗的蘆葦而選擇留下。他遇上她是在早春的時候，那時他正沿著河追趕一隻黃色大蛾，被她纖細的腰身深深吸引，於是停下來跟她說話。

「我可以愛你嗎？」燕子問，他喜歡直接切入重點。蘆葦低頭向他行了禮。於是他圍著她飛來飛去，用翅膀拍點水面，激起一道道銀色漣漪。這便是他的求愛方式，持續了整個夏天。

「這種迷戀很可笑，」其他燕子嘰嘰喳喳地說：「她沒錢，親戚又太多了。」河邊確實長滿了密密麻麻的蘆葦。其他燕子到了秋天都飛走了。

他們離開後，小燕子很孤單，開始厭倦他的戀人。他說：「她根本不說話，我懷疑她其實很輕浮，因為她老是隨著那風兒起舞。」確實如此，風兒一吹，蘆葦便優雅地彎腰行禮。「我知道她很愛家，」他說：「但我愛旅行，所以，我的老婆應該也要愛旅行才可以。」

最後他對她說：「妳願意跟我一起走嗎？」但蘆葦搖了搖頭，因為她太依戀她的家了。

「妳一直在耍我！」他叫道：「我要離開去金字塔了。再見！」說完他就飛走了。

他飛了一整天，晚上才飛到這座城市來。「我要在哪過夜呢？」他說：「希望這裡已為我安排好住處。」

然後他瞧見高柱上的雕像。

「我要住在那。」他喊道：「這是個好地方，空氣很清新。」於是他飛落在快樂王子的雙腳間。

「我現在有間金色的臥室了。」他環顧四周，自言自語，然後準備睡覺。正當他要把頭埋進翅膀時，卻有一大滴水珠落在他身上。

「怪了！」他喊道：「天空一片雲也沒有，星星又亮又清楚，居然下雨了。歐洲北部的天氣真糟糕。蘆葦倒是喜歡雨，但那只是因為她的自私。」

接著又一滴落下。

「雕像如果沒辦法遮雨，那還有什麼用？」他說：「我看我得找個好煙囪。」他決定要飛走。

但還沒等他展開翅膀，第三滴又落了下來。他抬頭一望，看到了——

啊！他看到什麼？

快樂王子的眼睛裡有淚水在打轉，沿著金色的臉頰滑落。他的臉在月光下美麗動人，小燕子滿是同情。

「你是誰？」他問。

「我是快樂王子。」

「那你為什麼哭？」燕子問：「你都把我淋濕了。」

「以前我還活著的時候，有一顆真正的心臟，」雕像回答：「我不知道眼淚是什麼，因為我住在無憂宮，那裡不允許有悲傷進入。我白天跟夥伴們在花園裡玩耍，晚上領著大家在大廳裡跳舞。花園四周環繞著一堵高牆，我從來不關心牆外的世界，因為周遭的一切已經太美好了。我的侍臣們都叫我快樂王子，假如快樂就是享樂的話，我確實很快樂。我就這樣生活，也這樣死去。如今我死後，他們將我立在這個高高的地方，讓我能看見城市裡一切的醜陋和痛苦。我的心雖然是用鉛做的，卻還是忍不住哭泣。」

「什麼！他竟然不是純金的？」燕子心想。但他很有禮貌，所以沒說出口。

「很遠的地方，」雕像用低沉而迷人的嗓音繼續說：「有條小巷，那裡有幢破房子。窗戶敞開著，我看到有個女人坐在桌邊。她的臉瘦削而憔悴，雙手又粗又紅，全是針刺的傷痕，因為她是裁縫。她正替一件緞面長袍繡上西番蓮，那是要讓皇后身邊最美麗的侍女在下次的宮廷舞會上穿的。他的小兒子躺在房間角落的床上，生病了。他發燒，說要吃橘子，但他媽媽什麼也沒有，只能給他喝點河水，所以他哭了。燕子，燕子，小燕子，你能不能幫我把劍柄上的紅寶石帶給她？我的腳固定在底座上，沒辦法動。」

「埃及還有人在等我呢，」燕子說：「我的朋友們正沿著尼羅河飛來飛去，跟那些大荷花說話。他們很快就會睡在那位偉大國王的陵墓裡。國王本人就躺在他的彩繪棺木中，身上裹著黃色的亞麻布，還用香料做了防腐。他脖子上掛著一條碧綠的項鍊，雙手彷彿枯葉。」

「燕子，燕子，小燕子，」王子說：「你願意陪我過一晚，當我的信使嗎？那男孩很渴，他媽媽很傷心。」

「我不覺得我喜歡男孩，」燕子回答：「我去年夏天在河邊，有兩個粗魯的男孩，是磨坊主人的兒子，總是朝我扔石頭。他們當然丟不到我，我們燕子飛得太靈活，況且我的家族是出了名的敏捷。就算這樣，這種行為也很不尊重。」

但快樂王子看起來很傷心，小燕子心生不忍。「這裡真的很冷，」他說：「但我會留下來陪你過一晚，當你的信使。」

「謝謝你，小燕子。」王子說。

於是，燕子啄起王子劍柄的那顆大紅寶石，啣著它飛越了城鎮的屋頂。

他飛過大教堂的鐘塔，那裡有白色大理石雕成的天使雕像。他飛過宮殿，聽見舞會的聲音。有個美麗的女孩和她的戀人走到陽臺上。「星星真是美妙，」他對她說：「愛的力量也如此美妙！」

「希望我的禮服能趕在宮廷舞會前完成，」她回應道：「我已經吩咐要在禮服上繡西番蓮，那些裁縫可真是懶惰。」

燕子飛過河，看見提燈掛在船隻的桅杆上。他又飛過猶太人區，看見那些老猶太人在討價還價，用銅秤來稱錢。最後，他飛到那幢破房子，往裡面望去。小男孩正發燒著，在床上翻來覆去，而他的母親因為太累，已經睡著了。燕子跳進屋內，把大紅寶石放在桌上的頂針旁，然後輕輕地繞著床飛，用翅膀為男孩的額頭搧出涼風。

「好涼快啊，」男孩說：「我一定是快好了。」便沉入甜美的睡夢中。

燕子飛回快樂王子身邊，把他所做的都告訴王子。「真奇怪，」他說：「雖然這麼冷，我現在卻感覺很暖和。」

「那是因為你做了一件好事，」王子說。小燕子想著想著就睡著了。思考總是讓他想睡。

天亮後，他飛去河邊洗了個澡。「好特殊的現象，」一位鳥類學教授走過橋的時候說：「冬天居然有燕子！」隨後，他寫了封長信給當地報社，結果各家都引用了這封信，因為裡面有許多他們看不懂的詞。

「我今晚要去埃及了，」燕子說，想到即將展開的旅程，他雀躍不已。他參觀了所有的公共紀念碑，還在教堂尖塔上坐了很久。無論他飛到哪，麻雀都嘰嘰喳喳地說：「真是個尊貴的陌生人呀！」這讓他玩得很盡興。

月亮升起時，他飛回快樂王子身邊。「有沒有要我去埃及做什麼？」他喊道：「我馬上就要出發了。」

「燕子，燕子，小燕子，」王子說：「你不能再陪我一晚嗎？」

「埃及的人還在等我呢，」燕子回答：「明天我的朋友們要飛到第二瀑布那裡。河馬躺在蘆葦叢中，而偉大的孟農神則坐在巨大的花崗岩寶座上。他整夜凝望星空，當晨星升起時，他會發出一聲歡呼，然後又沉默下來。中午，黃色的獅子會到水邊喝水。他們的眼睛像綠柱石，吼聲比瀑布還響亮。」

「燕子，燕子，小燕子，」王子說：「城市遙遠的那頭，我看見閣樓裡有個年輕人。他靠在堆滿紙張的書桌前，身旁的玻璃杯裡插著一束枯萎的紫羅蘭。他有一頭棕色捲髮，嘴唇像石榴般紅潤，有雙會作夢的大眼睛。他努力為劇院導演寫一部劇本，但太冷了，沒辦法寫下去。壁爐裡沒有火，他幾乎快餓暈了。」

「我會再陪你一晚，」燕子說，他的心地確實很善良。「我要再帶一顆紅寶石給他嗎？」

「唉！我已經沒有紅寶石了，」王子說：「我只剩下眼睛，它們是用稀有藍寶石製成，那是一千年前從印度運來的寶石。你摘下一顆帶給他吧。他可以賣給珠寶商，買些食物和柴火，然後完成他的劇本。」

「親愛的王子，」燕子說：「我做不到。」他說著開始哭泣。

「燕子，燕子，小燕子，」王子說：「照我說的做吧。」

於是燕子摘下了王子的一隻眼睛，飛向年輕人的閣樓。屋頂上有一個洞，他輕易地從洞口鑽入房內。年輕人把頭埋在雙手間，沒有聽見鳥兒振翅的聲音。當他一抬起頭，才發現枯萎的紫羅蘭上躺著一顆美麗的藍寶石。

「我終於被賞識了！」他叫道：「這一定是某個仰慕者送的。我現在可以好好寫完劇本了。」他看起來非常開心。

隔天燕子飛到港口，停在一艘大船的桅杆上，看著水手用繩索把大箱子拖出船艙。「嘿咻！」他們每拉起一個箱子就喊一次。「我要去埃及了！」燕子大聲喊，但沒人注意到他。他在月亮升起時飛回快樂王子身邊。

「我是來向你告別的。」他喊道。

「燕子，燕子，小燕子，」王子說：「你不能再陪我一晚嗎？」

「冬天到了，」燕子回答：「很快就會下起寒冷的雪了。埃及那裡，煦煦陽光照在綠色的棕櫚樹上，鱷魚懶洋洋地躺在泥地裡四處張望。我的同伴們在巴勒貝克的神殿裡築巢，附近的粉色與白色鴿子會看著他們，咕咕低語。親愛的王子，我必須離開了，但我永遠不會忘記你。明年春天，我會帶回兩顆美麗的寶石，彌補你送人的那兩顆。紅寶石會比紅玫瑰更紅，藍寶石則會跟大海一樣藍。」

「下面的廣場上，」快樂王子說：「有個賣火柴的小女孩。她不小心把火柴掉進水溝裡，全都不能用了。她要是沒賺點錢回家，爸爸就會打她。她正哭著呢。她沒穿鞋，也沒穿襪，小小的頭沒戴帽子。你摘下我的另一隻眼睛給她吧，這樣她爸爸就不會打她了。」

「我會再陪你一晚，」燕子說：「但我不能摘下你的眼睛，不然你就瞎了。」

「燕子，燕子，小燕子，」王子說：「照我說的做吧。」

於是他拔下了王子的另一隻眼睛，啣著它飛了出去。他飛過賣火柴的小女孩時，將寶石悄悄塞進她的手心。

「這塊玻璃真漂亮！」小女孩驚呼，然後笑著跑回家。

小燕子飛回王子身邊。「你現在瞎了，」他說：「所以我會永遠陪在你身邊。」

「不，小燕子，」可憐的王子說：「你應該去埃及。」

「我會永遠陪著你。」燕子說著，然後在王子的腳邊睡著了。

隔天，他整天都坐在王子的肩膀上，告訴王子自己在遙遠國度的見聞。他講到紅朱鷺，在尼羅河岸邊排成長長一列，用喙捕捉金色的小魚；講到跟世界一樣古老的人面獅身像，住在沙漠中，無所不知；講到那些緩步走在駱駝旁，手裡拿著琥珀珠串的商人；還有月亮山2上的國王，膚色

2 月亮山（Mountains of the Moon）指非洲中部的魯文佐里山脈，名稱源自古希臘地理學家的記載，在西方常被視為神祕的異域高山。

如烏木般黑亮，崇拜一顆巨大的水晶；還有那條沉睡在棕櫚樹上的綠色大蛇，有二十位祭司每天拿蜂蜜蛋糕供養牠；以及那些乘著大葉子在湖面航行的小矮人，總是跟蝴蝶交戰。

「親愛的小燕子，」王子說：「你講了好多奇妙的事情，但更不可思議的是人們遭受的痛苦。苦難是世上最深的奧祕。飛越我的城市吧，小燕子，告訴我你都看到了什麼。」

於是，燕子飛過這座大城市，他看見有錢人在華美的屋子裡享樂，而乞丐倒坐在門口。他飛進陰暗的小巷，看到飢餓的孩童面無血色，茫然地望著黑暗的街道。在某座橋的拱門下，有兩個小男孩相擁著取暖。「好餓啊！」他們說。「你們不能待在這！」衛兵喊道，於是他們繼續冒雨往前走。

燕子飛回來，把看到的情景告訴王子。

「我身上覆滿了金箔，」王子說：「你必須一片一片取下，分送給我的窮人們。世人總覺得黃金能讓自己快樂。」

燕子啄下一片片金箔，直到快樂王子變得黯淡無光。他把一片又一片的金箔分送給窮人，孩子們的臉頰因此變得紅潤，在街上笑著玩耍。「我們現在有麵包吃了！」他們叫道。

接著下起雪來，雪過後是霜凍。街道看起來像是銀子鋪成，明亮又閃耀。屋簷下長長的冰柱像是水晶匕首般垂下，人們裹著皮毛外套，小男孩們戴著紅帽子在冰上溜冰。

可憐的小燕子越來越冷，但他不願離開王子，因為他太愛王子了。他趁麵包師傅不注意，在店門口撿了些麵包屑，然後靠拍動翅膀來取暖。

但他終究知道自己快死了。他最後一次用盡氣力飛到王子肩上。「再見了，親愛的王子！」他低聲說：「你能讓我親你的手嗎？」

「小燕子，我很高興你終於要去埃及了，」王子說：「你在這裡待太久了，你得親我的嘴唇，因為我愛你。」

「我不是要去埃及，」燕子說：「我要去死亡的國度。死亡跟睡眠是兄弟，不是嗎？」

他吻了快樂王子的嘴唇，便倒在他的腳邊死去。

就在那一刻，雕像內部響起奇怪的爆裂聲，像是有什麼東西碎了。真相是那顆鉛心裂成了兩半，肯定是因為可怕的嚴冬。

隔天一早，幾位市議員陪著市長在廣場散步，路過雕像時，市長抬頭看了一眼。「老天！快樂王子看起來太寒酸了！」他說。

「確實很寒酸！」市議員一如既往紛紛附和，然後湊上前查看。

「他的劍柄上的紅寶石沒了，眼睛也不見了，身上再也沒有一片片金箔，」市長說：「簡直和乞丐沒兩樣！」

「簡直和乞丐沒兩樣。」市議員們複誦。

「而且他腳下居然還有一隻死鳥！」市長繼續說：「我們得發個公告，禁止鳥類在這裡死亡。」書記官立刻抄下了這個提議。

於是，他們拆除快樂王子的雕像。「既然他不再美麗，也就不再有用了。」大學的藝術系教授這麼說。

他們把雕像送進熔爐裡，市長召開了一次會議，討論如何利用這些金屬。「我們當然要再建一座雕像，」他說：「應該要是我的雕像。」

「是我的雕像才對。」每位市議員都這麼說，所以吵成一團。據說，他們至今仍爭吵不休。

「真奇怪！」鑄造工廠的工頭說：「熔爐居然沒辦法熔化這顆破掉的鉛

心，只好把它丟了。」於是他們將它扔進垃圾堆，死去的小燕子也躺在那。

「替我找來這座城裡最珍貴的兩樣東西。」上帝對其中一位天使說，天使便帶來了鉛心和死去的燕子。

「你選得很好，」上帝說：「在我的天堂花園裡，這隻小鳥將永遠歌唱，而在我的黃金之城裡，快樂王子將永遠讚頌我。」

夜鶯與
玫瑰

THE NIGHTINGALE AND THE ROSE

「她說，只要我送她一朵紅玫瑰，她就願意和我跳舞。」有個年輕的學生喊道：「但我的花園裡沒有紅玫瑰。」

話語傳進了夜鶯耳中，她待在橡樹的巢裡，透過樹葉往外望去，心中滿是好奇。

「我整個花園裡竟然都沒有紅玫瑰！」他喊著，漂亮的眼睛盈滿了淚水。「啊，幸福竟然被這種小事左右！所有智者的著作我都讀過，所有哲學的奧祕我都懂，人生卻因為少了一朵紅玫瑰而變得悽慘。」

「終於出現了一位真心的人，」夜鶯說：「我夜復一夜地歌頌他，但我不認識他。我夜復一夜跟星辰訴說他的故事，如今我終於見到他了。他的頭髮深得像是風信子花，嘴唇紅得像他渴望的玫瑰。然而，愛戀讓他臉色憔悴，悲傷使他眉頭深鎖。」

「明天晚上，王子要舉辦舞會，」年輕的學生喃喃說著：「我的愛人也會參加。如果我能送她一朵紅玫瑰，她會跟我跳舞直到黎明。如果我能送她一朵紅玫瑰，我就能擁她入懷，她的頭會靠在我肩上，而我緊握著她的手。但我的花園裡沒有紅玫瑰，我只能孤零零地坐著，任由她從我身旁走過。她不會理我，我會心碎的。」

「確實是位真心的人，」夜鶯說：「我所唱的，折磨著他。我的快樂，卻是他的痛苦。愛情真是個奇妙的東西，比翡翠還罕見，比蛋白石還昂貴。你用珍珠或石榴換不到，它不會出現在市場上。你跟商人買不到，因為它不能用黃金來衡量。」

「樂師們會坐在樂池中，」年輕的學生說：「演奏著弦樂器。我的愛人會隨著豎琴和小提琴的樂音翩翩起舞。她舞姿輕盈，彷彿雙腳未曾觸地，穿著華服的宮廷人士會緊緊圍著她。但她不會和我跳舞，因為我沒有紅玫瑰送給她。」他撲倒在草地上，掩面哭了起來。

「他為什麼哭泣？」一隻小綠蜥蜴問道，尾巴翹得高高的，從他身邊跑過。

「到底為什麼？」一隻在陽光下飛舞的蝴蝶說道。

「到底為什麼？」一朵雛菊輕聲詢問身旁的同伴。

「他因為一朵紅玫瑰哭泣。」夜鶯說。

「一朵紅玫瑰？」他們驚呼：「太可笑了！」那隻有點尖酸的小蜥蜴大笑出聲。

但夜鶯明白學生悲傷的祕密，她只是靜靜坐在橡樹上，思索著愛的奧祕。

忽然間，她展開棕色的翅膀飛向天空。她像一道陰影般穿越樹林，又像一道陰影般掠過花園。

草地中央佇立著一棵美麗的玫瑰樹，夜鶯看到後飛了過去，落在一根枝條上。

「給我一朵紅玫瑰吧，」她喊道：「我會為你歌唱我最甜美的歌。」

但這棵樹搖了搖頭。

「我的玫瑰是白色的，」它回答：「白得像海上的浪花，且白過山巔的白雪。不過，你去找我那長在古老日晷旁的兄弟吧，他或許能給你想要的東西。」

於是，夜鶯飛向那株長在古老日晷旁的玫瑰樹。

「給我一朵紅玫瑰吧，」她喊道：「我會為你歌唱我最甜美的歌。」

這棵樹搖了搖頭。

「我的玫瑰是黃色的，」它回答：「黃得像那坐在琥珀寶座上的美人魚髮絲，且黃過割草人揮動鐮刀前，那草地上盛開的黃水仙。不過，你去找我那長在學生窗下的兄弟吧，他或許能給你想要的東西。」

於是，夜鶯飛向學生窗下的那棵玫瑰樹。

「給我一朵紅玫瑰吧，」她喊道：「我會為你歌唱我最甜美的歌。」

這棵樹搖了搖頭。

「我的玫瑰是紅色的，」它回答：「紅得像鴿子的腳，且紅過海底洞穴裡那搖曳不定的巨大扇狀珊瑚。但寒冬凍結了我的葉脈，霜凍摧折了我的花苞，暴風雨折斷了我的樹枝，這整年我都不會開出玫瑰了。」

「我只要一朵紅玫瑰，」夜鶯喊道：「只要一朵！難道沒有任何辦法可以得到嗎？」

「是有個辦法，」樹回答：「但太可怕了，我不敢告訴你。」

「告訴我吧，」夜鶯說：「我不怕。」

「如果你想要一朵紅玫瑰，」玫瑰樹說：「你必須在月光下用樂音編織它，然後用你心臟的鮮血來染紅。你必須將胸膛頂著我的刺，整夜為我歌唱。你的心臟要被刺穿，你的生命之血必須流入我的葉脈，成為我的一部分。」

「用死亡來換一朵紅玫瑰，代價真大，」夜鶯喊道：「生命對生靈來說太珍貴了。坐在綠色的樹林裡，看太陽駕著金色馬車，月亮駕著珍珠色馬車馳騁，多麼美好。山楂花的香氣芬芳，藏在山谷裡的藍鈴花，以及山坡上盛放的石南花，也都是那般甜美。然而愛情勝過生命，而鳥的心又怎能與人的心相比呢？」

於是她展開棕色的翅膀飛向天空，像一道陰影般掠過花園，又像一道陰影般穿過樹林。

年輕的學生仍躺在草地上，就在她離開時的地方，那雙漂亮眼睛裡的淚水還沒乾透。

「你要快樂！」夜鶯喊道：「快樂吧！你會得到你的紅玫瑰。我要在月光下用音樂編織，用我心頭的鮮血把它染紅。我對你唯一要求的回報是，成為一個真心的人，因為即使哲學很睿智，愛情比哲學更睿智；即使權力強大，愛情比權力更強大。愛情的翅膀有如火焰，火焰又有如他的身軀。它的雙唇甜如蜜，氣息芬芳如乳香。」

學生從草地上抬起頭，仔細聆聽，但他聽不懂夜鶯的話，因為他只知道寫在書裡的東西。

橡樹卻聽得懂，所以感到悲傷，因為他很喜愛這隻在他枝頭上築巢的小夜鶯。

「為我再唱最後一首歌吧，」橡樹輕聲說：「你走了之後，我會很孤獨。」

於是夜鶯為橡樹歌唱，歌聲宛如銀壺裡汩汩流出的泉水。

待她唱完，學生站了起來，從口袋裡取出筆記本和鉛筆。

「她技巧不錯，」他邊自言自語，邊走過樹林：「這無可否認。但她有感情嗎？恐怕沒有。其實她跟大多數藝術家一樣，只有形式卻一點都不真誠。她不會為別人犧牲，只顧著音樂，人人都知道藝術是自私的。不過，她的曲調確實有些動聽的音符。可惜毫無意義，也沒有任何實際的好處。」說完，他回到自己的房間，躺在簡陋的小床上，開始想念他的愛人。不久，他便睡著了。

當月光灑滿夜空，夜鶯飛向玫瑰樹，將胸膛貼緊尖刺。她整晚唱著歌，胸膛頂著尖刺，冷冽而晶瑩的月亮俯身傾聽。整個夜晚，她不停歌唱，那根刺在她胸膛上扎得越來越深，她的生命之血一點一滴流失。

她先歌唱的，是一對男孩和女孩心中萌芽的愛情。一朵奇妙的玫瑰在玫瑰樹最頂端的枝條上綻放，一瓣接著一瓣展開，一曲接著一曲吟唱。起初，花瓣是蒼白的，像懸在河面上的薄霧，蒼白如清晨的腳步，銀白如黎明的翅膀。宛如銀鏡中玫瑰的影子，亦如水潭裡玫瑰的影子，那一朵在樹頂上盛開的玫瑰正是如此。

玫瑰樹卻呼喊著，要夜鶯再緊貼棘刺一點。「再靠近點，小夜鶯，」玫瑰樹喊道：「否則在玫瑰完成之前，天就先亮了。」

於是夜鶯更緊貼棘刺，歌聲越來越響亮，因為她唱到男人與女人靈魂中燃起的激情。玫瑰的花瓣泛起一抹微微的粉紅，就像新郎親吻新娘時，臉上的紅暈。但棘刺還沒刺進她的心臟，玫瑰的花心依然蒼白，因為只有夜鶯心臟的血才能染紅玫瑰的花心。

「再靠近點，小夜鶯，」玫瑰樹又喊道：「否則在玫瑰完成之前，天就先亮了。」

於是夜鶯更緊貼棘刺，終於刺進了她的心臟，一陣劇烈的疼痛穿透了全身。那痛楚越苦澀，歌聲就越狂放，因為她歌頌的是因死亡而圓滿的愛情，不會埋進墳墓裡的愛情。

那朵奇妙的玫瑰轉為豔紅，像東方天空的晨曦。層層的花瓣豔紅，花心亦如紅寶石般豔紅。

然而，夜鶯的歌聲漸漸微弱，她的小翅膀開始顫動，眼前變得朦朧不清。她的歌聲越來越微弱，感覺像是有東西哽住了喉嚨。

接著她用盡氣力唱出最後一曲，純白的月亮聽見了，月亮忘記了黎明的到來，在天邊徘徊。紅玫瑰也聽見了，出神顫抖著，在清晨的冷空氣中綻開花瓣。回聲將歌聲帶往群山中的紫色洞穴，喚醒了熟睡的牧羊人。歌聲又飄過河邊的蘆葦，將消息傳向大海。

玫瑰樹喊道：「你看！玫瑰完成了！」但夜鶯沒有回答，因為她已經躺在高高的草叢裡死去，那根棘刺還插在她的心上。

中午時分，學生打開窗戶向外望去。

「啊！真是太幸運了！」他叫道：「這裡有一朵紅玫瑰！我這輩子沒見過這樣的玫瑰。真美麗，我相信它一定有個長長的拉丁名字。」他俯身摘下玫瑰。

隨後他戴上帽子，拿著玫瑰跑向教授的家。

教授的女兒正坐在門口，用紡車捲著藍色的綢子，她養的小狗躺在腳邊。

「你說過，只要我帶來一朵紅玫瑰，你就願意和我跳舞，」學生說：「這是世上最紅的玫瑰。今晚你就把它戴在胸前，這樣當我們一起跳舞時，它會向你表明我對你的愛。」

但女孩皺起眉頭。

「這恐怕跟我的裝扮不搭，」她回答：「而且，內務大臣的外甥送了我一些高級的珠寶，大家都知道珠寶比鮮花更貴重。」

「好吧，我得說，妳真沒禮貌。」學生生氣地說，玫瑰被他扔到街上，掉進街溝裡，一輛馬車從它身上輾過。

「沒禮貌？」女孩說：「我告訴你，你才是無禮！老實講，你算什麼？不就只是個學生罷了。我懷疑你鞋子上連個銀扣都沒有，就是內務大臣的外甥有的那種。」說完，她從椅子上站起來，進了屋子。

「愛情真是愚蠢的東西，」學生邊走邊說：「它遠不如邏輯實用，因為它什麼也證明不了，只會嚷嚷一些根本不會發生的事情，讓人相信不真實的東西。其實它非常不實際，在這個時代，務實就是一切。我還是回到哲學世界裡研究形而上學吧。」

於是他回到房間，拿出一本積滿灰塵的大書，開始讀了起來。

自私的巨人

THE SELFISH GIANT

每天下午放學後，那些孩子們總會跑到巨人的花園裡玩耍。

這是一座寬廣而迷人的花園，長滿柔軟的青草，草地上星星點點地開著美麗的花朵。花園裡有十二棵桃樹，春天時開出粉紅與珍珠色的嬌豔花朵，到了秋天則會結出豐碩的果實。樹上的鳥兒美妙地歌唱，孩子們甚至會停下遊戲，專注傾聽。「我們在這好快樂啊！」他們互相喊著。

有一天，巨人回來了。之前他是去康沃爾[3]拜訪他的食人魔朋友，這一待就是七年。七年過去，他已經說完了所有想說的話，他的話題很有限，於是決定回到自己的城堡。他到達時，看到孩子們正在花園裡玩耍。

3 康沃爾（Cornwall）位於英國西南部，因其地理位置孤立和獨特的凱爾特文化，孕育出許多神話傳說，包括食人魔、巨人、美人魚等神祕角色。

「你們在這裡做什麼？」他粗聲粗氣地叫道，孩子們嚇得跑開了。

「我的花園就是我的花園，」巨人說：「大家都知道，我不准任何人在這裡玩，除了我自己。」於是他在花園周圍建起了高牆，還立了一塊告示牌：

擅入者將受法律追究

他是非常自私的巨人。

可憐的孩子們再也沒地方玩了。他們試著在路上玩耍，但路上滿是灰塵和硬石，讓人難以忍受。他們常常在下課後沿著高牆散步，談論裡面那座美麗的花園。「我們之前在那裡多快樂啊。」他們彼此說著。

春天來了，鄉間各處開滿小花，鳥兒四處飛舞。只剩下自私巨人的花園還是冬天。鳥兒不願在這裡歌唱，因為沒有孩子當聽眾，樹木也忘了開花。曾有一朵美麗的花從草地上探出頭來，但它看到那塊告示牌，不禁為孩子們難過，於是又縮回地下繼續沉睡。

開心的只有雪和霜。「春天忘記了這座花園，」它們說：「我們可以在這裡待上一整年。」雪用她巨大的白色斗篷蓋住草地，霜則把樹木都塗成銀色。然後他們邀請北風一起居住。北風來了，他裹著冷冽的披風，整日在花園裡咆嘯，還把煙囪的管帽都吹了下來。「這地方真棒！」他說：「我們一定要找冰雹過來玩。」於是冰雹也來了。每天他都要在城堡的屋頂上敲打三個小時，直到敲破大部分的瓦片，接著用最快的速度繞著花園奔跑。他一身灰色，氣息像冰一般。

「我不懂為何春天遲遲不來，」自私的巨人坐在窗邊，看著他那片冷冰冰的白色花園說：「我真希望天氣變好。」

但春天始終沒來，夏天也一樣。秋天賜予每一座花園金色果實，巨人的花園裡卻什麼都沒有。「他太自私了。」秋天說。所以那裡永遠是冬天，只有北風、冰雹、霜和雪在樹間起舞。

一天早晨，巨人醒著躺在床上，忽然聽到一段美妙的音樂。在他耳中聽起來如此悅耳，他以為是國王的樂師們從門前路過。其實，那只是窗外有隻小紅雀在歌唱。但他已經太久沒聽到花園裡的鳥鳴，所以那聲音在他聽來彷彿是世上最美的旋律。此時，冰雹停止在他頭上跳舞，北風也不再咆哮，一陣清甜的香氣從敞開的窗戶飄了進來。「我想春天終於來了。」巨人說著，連忙從床上跳起來，朝窗外看去。

他看到了什麼？

他看見了一幅美好的景象。孩子們從牆上的一個小洞爬進花園，正坐在樹枝上。他眼前的每棵樹上都坐了一個小孩。樹木因為孩子們的回歸感到快樂，於是開滿了花朵，在孩子們的頭上輕輕揮動枝條。鳥兒快樂地飛來飛去，嘰嘰喳喳，花朵從青草中抬起頭笑著。這一幕相當美麗，但在這花園裡只有一角仍是冬天。那是最遠的角落，有個小男孩站在那。他太矮小，爬不上樹枝，所以在樹旁邊哭得好傷心。那可憐的樹上還覆著霜雪，北風在上空狂吹怒吼。「小男孩，快爬上來！」樹說，想辦法盡量彎下枝條，但男孩實在太矮了，怎樣都爬不上去。

巨人看著這一切，心都融化了。「我實在太自私了！」他說：「我現在知道為什麼春天不願來了。我要把這個可憐的小男孩抱到樹頂，然後把牆拆了，讓我的花園永遠是孩子們的遊樂場。」他對自己之前的行為感到十分懊悔。

於是他悄悄下樓，輕輕打開前門，走到花園裡。但孩子們看到他之後嚇得全跑了，結果花園又變回冬天。只有那個小男孩沒跑，因為眼淚模糊了視線，所以沒看到巨人走了過來。巨人悄悄走到他身後，溫柔將他托起，放上樹枝。樹立刻開了花，鳥兒飛來歌唱，小男孩張開雙臂抱住巨人的脖子，親了他一下。其他孩子們看到巨人不再可怕，紛紛跑了回來，帶著春天一起回到花園裡。

「孩子們，現在這是你們的花園了。」巨人說完拿起一把大斧頭，砍倒高牆。中午人們上市集時，發現巨人和孩子們正在這座他們前所未見的美麗花園中玩耍。

孩子們玩了一整天，到了傍晚才來向巨人告別。

「你們那個小同伴呢？」巨人問道：「就是我抱到樹上的那個男孩。」巨人最喜歡他，因為那孩子親了他一下。

「不知道，」孩子們回答：「他已經走了。」

「你們一定要告訴他，叫他明天也要來。」巨人說。但孩子們表示不知道那男孩住在哪裡，也從沒看過他，這讓巨人非常難過。

那些孩子們每天放學後，都會來花園裡和巨人一起玩。但巨人最喜愛的那個小男孩卻再也沒出現過。巨人對所有孩子都很好，可是他仍然思念他的第一個朋友，常常提起他。巨人老是說：「我多想再見到他啊！」

許多年過去，巨人變得又老又虛弱。他再也不能四處玩了，只能坐在一把大扶手椅上，看著孩子們嬉戲，欣賞他的花園，說道「我有許多美麗的花，但孩子們才是最美的花。」

某個冬日清晨，巨人在更衣時望向窗外。他現在不討厭冬天了，因為他知道春天只是在沉睡，花兒只是在休息。

忽然，他滿是驚訝地揉了揉眼睛，看了又看，那真是不可思議的一幕。花園裡那最遠的角落，有棵樹開滿了美麗的白花。樹枝都是金色的，而銀色的果實垂掛其間，樹下站著他最愛的那個小男孩。

巨人欣喜若狂地跑下樓，衝進花園。他急忙穿過草地，走向那孩子。他就近一看，臉卻因憤怒而漲紅。他說：「誰膽敢傷害你？」他看見孩子的手掌上有兩個釘子的疤痕，小腳上也有兩個。

「誰膽敢傷害你？」巨人大聲問：「告訴我，我要拿我的大劍去砍了他！」

「不！」孩子回答：「這些是愛的疤痕。」

「你是誰？」巨人問，突然感到一陣莫名敬畏，於是跪在孩子面前。

孩子微笑看著巨人，對他說：「你曾讓我在你的花園裡玩耍，今天你就跟著我到我的花園去吧，那裡是天堂。」

那天下午，當孩子們跑進花園時，發現巨人已躺在那棵樹下死去，身上覆滿了白花。

忠實的朋友

THE DEVOTED FRIEND

某天早晨，老水鼠從洞裡探出頭來。他有一雙亮晶晶的小眼睛，還有硬挺的灰色鬍鬚，身後的尾巴像一條長長的黑色橡膠條。池塘裡，小鴨子們正在四處游來游去，看起來像是一群黃色的小金絲雀。他們的媽媽身體雪白，有雙正紅色的腳，正在教他們如何在水中倒立。

「你們要是學不會倒立，就進不了上流社會。」她不斷對孩子們說著，並不時示範給他們看。但小鴨子們根本不理她，他們年紀太小了，還不知道進入上流社會有什麼好處。

「這些小孩真不聽話！」老水鼠喊道：「淹死了最好！」

「才不是呢！」鴨媽媽回答道：「大家都有生澀的時候，做父母的總要有耐心。」

「啊！我根本不懂為人父母的感受，」水鼠說：「我可不是愛家的人。我其實沒結過婚，也從沒打算要結婚。愛情固然美好，但友情更勝一籌。老實說，我不知道世上有什麼東西比忠實的友誼更高尚或更珍貴。」

「那依你看，你認為忠實的朋友有哪些責任？」一隻綠色的小鴉鳥問道，他停在旁邊的柳樹上，正好聽到了這段對話。

「是啊，我也想知道。」鴨媽媽說完便游向池塘另一端，為孩子們示範水中倒立。

「多愚蠢的問題啊！」老水鼠喊道：「我當然是希望我忠實的朋友對我忠實啊，這還用問嗎？」

「那麼，你又會做什麼來回報他呢？」小鶸鳥說著，在細枝上晃來晃去，輕輕拍著小翅膀。

「我聽不懂。」老水鼠回答。

「我來告訴你一個關於這話題的故事吧。」小鶸鳥說。

「這故事和我有關嗎？」老水鼠問：「如果是，那我就要聽，因為我非常愛聽故事。」

「正好適用在你身上。」小鶸鳥回答，然後飛到池塘邊，開始講起名為《忠實的朋友》的故事。

「從前，有個老實的小夥子叫漢斯。」小鴉鳥說。

「他很特別嗎？」老水鼠問。

「不，他不怎麼特別，」小鴉鳥回答：「但他有顆善良的心，以及一張有趣且友善的圓臉。他獨自住在一間小屋裡，每天都在他的花園裡工作。在整個鄉間，沒有一座花園能和他的相比。他的花園裡有美洲石竹、麝香石竹、薺菜和毛茛，還有大馬士革玫瑰、黃玫瑰、淡紫色番紅花，以及金黃色、紫色和白色紫羅蘭。耬斗菜、草甸碎米薺[4]、甜馬鬱蘭、野羅勒、黃花九輪草[5]、鳶尾花、黃水仙和康乃馨，都會按照季節依序綻放。每當一種花

4 草甸碎米薺（Lady's Smock），十字花科植物。春季開出淡粉或白色十字形小花，常與杜鵑鳥叫聲同期，亦被稱為「杜鵑花（Cuckoo Flower）」。

5 黃花九輪草（Cowslip），多年生草本植物。花朵鮮黃且具芳香，為早春重要的野花，常見於歐洲的濕潤草地和林地。在英國文化中象徵春天與豐收。

凋謝，另一種便接著盛開，因此花園裡總有美麗的景色和怡人的芳香。」

「小漢斯有很多朋友，但最忠實的一位，是磨坊主人大修。」小鶸鳥繼續說：「確實，這個有錢的磨坊主人對小漢斯非常忠實，每次經過小漢斯的花園時，總不忘伸手採一大束鮮花，或者抓一把香草，甚至到了果實成熟的季節，他還會摘李子和櫻桃，塞滿整個口袋。

磨坊主人常說『真正的朋友應該共享一切』，小漢斯總是點頭微笑，對自己擁有情操如此高尚的朋友感到無比自豪。

有時，鄰居們會覺得奇怪，磨坊主人明明這麼有錢，卻從來沒給過小漢斯任何回報。要知道，他的磨坊裡堆滿上百袋麵粉，養了六頭乳牛，還有一大群毛茸茸的羊。但小漢斯從不在意這些事，他最大的快樂就是聽磨坊主人講那些關於真正友誼的無私精神。

就這樣，小漢斯在花園裡努力幹活。他在春天、夏天和秋天都非常快樂，但到了冬天，他沒有水果、鮮花可以拿到市場上去賣，所以饑寒交迫，常常只吃幾片乾梨或幾顆硬堅果就上床睡覺。而且他冬天時也很孤單，因為磨坊主人從不會來看他。

磨坊主人常對妻子說：『雪還沒融化，我去看小漢斯也沒什麼用。一個人如果身陷困境，就應該讓他自己沉澱，不該去打擾。我對友情的理解就是這樣，而且我相信我是對的。所以我要等到春天來臨再去拜訪他，到時他還可以給我一大籃報春花，他一定會非常高興。』

『你真是非常為人著想，』妻子回答，她正坐在舒適的扶手椅上，一旁是大松木火爐。『真的很為人著想。聽你談友情根本是享受，我相信連牧師都說不出這麼動聽的話，何況牧師都住在三層樓的大房子，小指上還戴著金戒指。』

『但我們不能邀請小漢斯來我們家嗎？』磨坊主人最小的兒子問：『如果可憐的漢斯有困難，我可以分一半的粥給他，還可以給他看我的小白兔。』

『你這孩子真傻！』磨坊主人驚呼：『我不知道送你去學校有什麼用，你好像什麼都沒學到。如果小漢斯來了，看到我們溫暖的火爐、豐盛的晚餐和大桶紅酒，他可能會嫉妒。嫉妒是一種非常可怕的東西，會毀掉任何人的本性。我絕對不允許漢斯的本性被毀掉。我是他最好的朋友，我會一直守護他，確保他不受到任何誘惑。況且，如果漢斯來了，他可能會叫我借他一些麵粉，我不能借他。麵粉是一回事，友情是另一回事，兩者不能混為一談。你看，這兩個詞拼寫不同，意思也完全不同。任誰都看得出來。』

『說得真好。』磨坊主人的妻子說，然後為自己倒了一大杯熱啤酒：『我聽到快睡著了，簡直像在教堂裡一樣。』

『做得好的人很多，』磨坊主人回答：『但說得好的人很少，這表示說話比較困難，卻也比較高尚。』他嚴厲地望向桌子對面的兒子。小男孩非常羞愧，低下脹紅的臉哭了起來，眼淚都滴進到茶杯。但他年紀還小，你得原諒他。」

「這就是故事的結局了嗎？」水鼠問道。

「當然不是，」小鷯鳥回答：「這只是開頭而已。」

「那你可真落伍，」水鼠說：「現在很會說故事的人都從結局開始講起，然後再回到開頭，最後才講中間。這是新方法。前幾天，我聽到一位有見識的人跟另一位年輕人在池塘邊散步，他對這個問題發表了一番言論。我覺得他一定說得沒錯，因為他戴著藍色眼鏡，還禿頭，而且只要年輕人一說話，他就回一聲：『呸！』不過，還是請繼續你的故事吧。我很喜歡那個磨坊主人，我自己也有很多美好的情操，所以和他很有共鳴。」

「好的，」小鶸鳥說著，左右腳輪流跳動：「冬天剛過，報春花開始綻放出淡黃色的星點，這時磨坊主人對妻子說，他想去看看小漢斯。

『哎呀，你心腸真好！』他的妻子叫道：『你總是這麼為人著想。記得帶上那個大籃子去裝花哦。』

於是磨坊主人用一條粗鐵鏈綁牢風車的帆，就挽著籃子下山了。

『小漢斯，早安。』磨坊主人說。

『早安。』漢斯倚著他的鋤頭，笑得合不攏嘴。

『你這個冬天過得還好嗎？』磨坊主人問。

『噢，太好了，』漢斯說：『很開心你這麼問。我覺得有些艱難，但我很高興現在春天來了，所有的花都長得很好。』

『我們冬天時常常聊到你，漢斯，』磨坊主人說：『我們一直想知道你過得好不好。』

『你真好，』漢斯說：『我以為你已經忘記我了。』

『漢斯，你這樣想真讓我驚訝，』磨坊主人說：『友誼永遠不會被忘記。這就是它的美妙，你恐怕只是不太懂生活的詩意。對了，你的報春花看起來真漂亮！』

『確實很漂亮，』漢斯說：『有這麼多花兒，我真是太幸運了。我正打算拿到市場賣給市長的女兒，再用這些錢買回我的手推車。』

『買回手推車？你該不會是賣掉了吧？真是太蠢了！』

『唉，老實說，』小漢斯說：『我別無選擇。你也知道，冬天對我來說實在太難熬，連買麵包的錢都沒有。所以我先賣掉我最好的外套上的銀扣子，接著又賣了銀鏈子，然後是我的大菸斗，最後只能連手推車也賣了。不過，我現在要一樣樣買回來。』

『漢斯，』磨坊主人說：『我把我的手推車送給你吧，雖然不是很棒的推車。確實，因為它一邊壞了，輻條也鬆了，但我還是要送給你。我知道這樣算是很慷慨了，很多人會覺得捨棄這輛手推車很傻，但我可不像那些人。我覺得慷慨才是友誼的真諦，而且，我剛好有一輛新的手推車。是的，你放心，我這輛舊的手推車就送給你吧。』

『噢，你真是太慷慨了。』小漢斯說著，滑稽的圓臉笑得燦爛無比：『我應該很快就可以修好這輛手推車，因為我家剛好有塊木板。』

『木板？』磨坊主人說：『嘿，我穀倉的屋頂正好需要，因為屋頂破了個大洞，如果不補上，穀物都要發霉了。幸好你提出來！這正好印證了一句話：好心有好報。我把手推車送你，然後你就把木板給我。當然啦，手推車比木板值錢多了，但真正的友誼絕不會計較這些小事。趕快把木板拿來吧，我今天就要動工了。』

『當然。』小漢斯說著跑進棚子，把木板拖了出來。

磨坊主人看了一眼，皺起眉頭說：『這塊木板不是很大。我怕我補好穀倉的屋頂之後，就沒剩下多少讓你修手推車了。這當然不能怪我。再說了，我既然已經把手推車送你，我想你應該會想送我幾朵花當作回報。籃子給你，記得裝得滿滿的。』

『裝滿？』小漢斯有些猶豫，因為這個籃子真的很大，要是裝滿的話，他就沒有花可以拿去市場賣了。而他非常急著想買回他的銀扣子。

『噢，好吧。』磨坊主人回答：『我把手推車送給你，跟你要些花應該也不為過吧。錯的可能是我，但我認為真正的友誼，應該是一點私心都沒有。』

『我親愛的朋友，最好的朋友！』小漢斯喊道：『你說得沒錯，我花園裡所有的花，你都可以拿去。比起那些銀釦子，我寧可聽你這樣說。』說完他跑去摘下所有漂亮的報春花，裝滿磨坊主人的籃子。

『再見，小漢斯。』磨坊主人一邊說著，一邊扛著木板，提著滿滿一籃花往山上走去。

『再見。』小漢斯說。他開心地翻著土，一想到那輛手推車，就覺得滿心歡喜。

隔天，他正在門廊邊釘著金銀花，忽然聽見磨坊主人從路邊叫他的聲音。他立刻從梯子上跳下來，跑到花園裡，越過圍牆往外看。

磨坊主人站在那裡，身上扛著一大袋麵粉。

『親愛的小漢斯，』磨坊主人說：『你願意幫我把這袋麵粉送去市場嗎？』

『噢，真抱歉，』小漢斯說：『我今天真的很忙，得把這些藤蔓固定好，幫花兒澆水，還要整理草地。』

『噢，好吧。』磨坊主人說：『我是覺得，我已經要送你手推車了，你這樣拒絕其實很不夠朋友。』

『別這麼說。』小漢斯喊道：『我絕不會不夠朋友。』他跑進屋裡拿帽子，然後扛起那袋麵粉，拖著沉重的步伐走去市場。

那天非常炎熱，路上塵土飛揚。漢斯還沒走到第六座里程碑就累到不行，只好坐下來休息。不過，他仍咬牙繼續前行，終於抵達市場。他在那裡等了一陣子後，把那袋麵粉賣了個好價錢，然後馬上趕回家，深怕太晚會遇上強盜。

『這一天可真辛苦啊，』小漢斯上床時自言自語：『但我很高興沒拒絕磨坊主人，畢竟他是我最好的朋友，而且他要把手推車送給我。』

隔天一早，磨坊主人下山來拿麵粉的錢，而小漢斯因為太累，還躺在床上。

『老實講，』磨坊主人說：『你太懶了。我已經要送你手推車了，我以為你會更努力工作。懶惰可是大罪，我當然不希望我任何朋友養成懶散的習慣。你可別介意我這麼直言，你不是我朋友的話，我才不會這樣說。但朋友如果不能坦誠相對，那還算什麼友誼？好聽的話、拍馬屁的話、討好人的話，誰都會講。但真正的朋友總是直言不諱，不怕讓人難過。其實只有真正的朋友才會這樣，因為他知道自己是在做好事。』

『我很抱歉，』小漢斯揉著眼睛，摘下睡帽說：『可是我太累了，所以想在床上多躺一會兒，聽聽鳥兒唱歌。你知道嗎？我每次聽鳥兒唱歌，工作起來都更有精神。』

『噢，那真是太好了，』磨坊主人拍了拍小漢斯的背：『因為我希望你穿好衣服之後，能來我的磨坊一趟，幫我修理一下穀倉的屋頂。』

可憐的小漢斯非常想去整理他的花園，他已經兩天沒澆花了，但他又不想拒絕磨坊主人，畢竟他們是這麼要好的朋友。

『如果我說我很忙，會很不夠朋友嗎？』他以害羞又怯懦的聲音問道。

『噢，好吧。』磨坊主人回答：『我已經要送你手推車了，我覺得這不算過分的要求。但當然，你拒絕的話，我只好自己做了。』

『哦！千萬別這樣，』小漢斯喊道。他跳下床，穿好衣服，跑去修穀倉的屋頂。

他從早忙到晚，直到夕陽西下，磨坊主人才過來檢查。

『小漢斯，你補好屋頂的洞了嗎？』磨坊主人愉快地喊著。

『已經修好了。』小漢斯爬下梯子。

『啊！』磨坊主人說：『為他人付出真的是世上一大樂事。』

『聽到你這麼說是莫大榮幸，』小漢斯坐下來擦額頭的汗水，回答：『真是莫大的榮幸。我大概永遠也不會有你那樣高尚的想法。』

『哦，你將來也會有的，』磨坊主人說：『但你得更努力才行。目前你做的只是友誼的實踐，將來你也能掌握道理。』

『你真的覺得我也行嗎？』小漢斯問。

『我相信你可以，』磨坊主人回答：『但你既然已經修好了屋頂，現在最好回家休息，因為明天我希望你幫我把羊趕到山上去。』

可憐的小漢斯不敢多說什麼。隔天一早，磨坊主人趕著羊群到他的小屋前，小漢斯只好帶著羊群往山上去。這一趟花了他一整天。回家後，累到坐在椅子上就睡著了，直到天亮才醒來。

『我要在我的花園裡享受美好時光了。』他說，然後開始整理花園。

但他根本沒辦法好好照顧他的花，因為他的磨坊主人朋友一直過來找他，一下要他去很遠的地方跑腿，一下叫他到磨坊幫忙。小漢斯有時候很難過，他覺得花兒會以為他忘了他們，但他安慰自己，磨坊主人是他最好的朋友。『而且，』他總是說：『他要把手推車送給我，這可是慷慨之舉。』

於是小漢斯持續替磨坊主人工作，磨坊主人則講述各種友誼的美好。小漢斯會把這些話記在筆記本上，晚上翻出來讀，因為他是個勤奮的學生。

有一天晚上，小漢斯正坐在爐火旁，忽然聽到一陣急促的敲門聲。那是個風雨交加的夜晚，狂風在小屋四周呼嘯，起初他還以為那只是暴風雨的聲音。然而，敲門聲再次響起，接著第三次，比之前任何一次都還要響亮。

『一定是哪個可憐的旅人。』小漢斯心想，於是跑去開門。

門外站著磨坊主人，他一手提著燈籠，一手拿著大木棍。

『親愛的小漢斯，』磨坊主人喊道：『我遇上大麻煩了！我的小兒子從梯子上摔下來，他受了傷，我正要去找醫生。但醫生住得很遠，今晚天氣太糟糕，我突然想到，如果你能為我去一趟，那就太好了。你知道我已經要送你手推車，所以你為我做點事也是應該的，很公平。』

『當然，』小漢斯答道：『你想到來找我，我覺得非常榮幸，我馬上出發。但天色太黑，你的燈籠必須借我才可以，我怕會掉進溝裡。』

『很抱歉，』磨坊主人回答：『但這是我的新燈籠，如果出了什麼問題，對我來說損失可大了。』

『好吧，沒關係，我不用也行。』小漢斯說著，取出他的大毛皮外套，戴上暖和的紅色帽子，還在脖子上繫了一條厚圍巾，便出發了。

這場風暴真是可怕！夜晚黑得伸手不見五指，狂風強到幾乎讓小漢斯站不穩。但他依舊鼓起勇氣前行，走了將近三個小時，他終於來到醫生的家，敲了敲門。

『誰呀？』醫生從臥室的窗戶探出頭來問道。

『我是小漢斯，醫生。』

『你有什麼事，小漢斯？』

『磨坊主人的小兒子從梯子上摔下來，受了傷，磨坊主人希望你能立刻過去一趟。』

『好的！』醫生回答。他叫人備好馬匹，穿上長靴，拿起燈籠，下樓後騎上馬往磨坊主人家前進，小漢斯則吃力地跟在後面。

但風暴越發猛烈，大雨如注，小漢斯看不清路，也跟不上馬匹的速度。最後，他迷了路，走進了一片沼澤地。那是個極其危險的地方，布滿深坑，可憐的小漢斯就淹死在坑裡。隔天，幾個牧羊人發現他的屍體漂浮在一片水潭中，便把他送回了小屋。

大家都來參加小漢斯的葬禮，因為他很受大家喜歡，磨坊主人擔任主祭。

『身為他最好的朋友，』磨坊主人說：『理應給我最好的位置。』於是，他披著黑色長斗篷走在隊伍的最前方，不時用一條大手帕擦拭眼淚。

『小漢斯的離開，對大家都是極大的損失。』鐵匠說。葬禮結束後，他們全都舒舒服服坐在酒館裡，喝著熱紅酒，吃著甜糕點。

『對我來說，這無疑是一大損失。』磨坊主人說：『我都快要把我的手推車送他了，現在我真的不知道該怎麼處理才好。留在家裡很礙事，而且它那麼破爛，也賣不了好價錢。我決定再也不隨便送東西了。人太慷慨總會吃虧。』」

「嗯？」過了好一陣子，水鼠開口問。

「嗯，這就是故事的結尾。」小鵐鳥回答。

「磨坊主人最後怎麼樣了？」水鼠問。

「哦！我真的不知道，」小鵐鳥答道：「而且我也不在乎。」

「這表示你一點同情心都沒有。」水鼠說。

「恐怕你沒有理解這個故事的寓意。」小鵐鳥說。

「什麼？」水鼠尖叫道。

「寓意。」

「你是說，這個故事還有寓意？」

「當然。」小鵐鳥回答。

「哦，好吧，」水鼠憤怒地說：「你應該在說故事之前就告訴我。如果你先說了，那我絕對不會聽。我其實應該像那個有見識的人一樣，說聲『呸』。不過，現在我也可以這麼說了。」於是，他高喊了一聲「呸」，甩了甩尾巴，回到自己的洞裡。

「你覺得水鼠怎麼樣？」幾分鐘後，鴨媽媽游過來問道。「他有很多優點，但我作為母親，看到決心不婚的單身漢，我總會忍不住淚水。」

「我倒比較擔心我惹他生氣了，」小鵐鳥回答：「因為我跟他說了一個有寓意的故事。」

「啊！這一向是件危險的事。」鴨媽媽說。

我完全認同她的看法。

了不起的火箭

THE REMARKABLE ROCKET

國王的兒子要娶新娘了，舉國上下沉浸在一片喜樂之中。他等了新娘一整年，現在終於來了。新娘是俄羅斯公主，乘著六匹馴鹿拉動的雪橇，從遙遠的芬蘭一路趕來。那雪橇形似一隻巨大的金色天鵝，而小公主就靜靜躺在天鵝的翅膀中。她長長的貂皮披風垂到腳踝，頭戴銀色薄紗小帽，膚色蒼白無暇，正如她長住的雪宮。她是如此白皙，當雪橇駛過街道時，人們紛紛驚嘆：「她就像白玫瑰！」同時從陽臺上向她拋灑鮮花。

在城堡大門前，王子已恭候多時。他有一雙夢幻的紫羅蘭色眼眸，還有一頭純金色的頭髮。一見到公主，他立刻單膝跪地，輕吻了她的手。

「妳的畫像已經很美了，」他低聲道：「但妳比畫像更美。」小公主頰上泛起了紅暈。

「她本來像白玫瑰，」有個年輕侍從對同伴說：「現在卻像紅玫瑰了！」宮廷裡的所有人都很開心。

接下來整整三天，所有人都重複著：「白玫瑰，紅玫瑰，紅玫瑰，白玫瑰。」於是國王特別下令，將那位侍從的薪水加倍。其實他本來就沒有薪水，這項賞賜沒有什麼用，但仍被視為莫大的榮譽，照例刊登在宮廷公報上。

三天後，婚禮正式舉行。儀式隆重非凡，新郎新娘手挽著手，走在繡滿珍珠的紫色天鵝絨華蓋下。隨後是盛大的國宴，足足持續了五個小時。王子與公主端坐在大殿上方，兩人共飲一只清透的水晶杯。只有真心相愛的戀人才能用這只杯子，若是虛偽的唇碰到，它便會變得黯淡無光。

「誰都看得出來，他們彼此相愛，」小侍從讚嘆道：「就跟水晶一樣清澈！」國王再次將他的薪俸加倍。「多大的榮耀！」眾臣大聲說。

宴會結束後，還有盛大的舞會，新郎跟新娘要一起跳玫瑰之舞，國王則說要親自吹笛伴奏。國王的功力令人不敢恭維，但沒人敢說出口，畢竟他是國王。他其實只會吹兩種調子，且常常分不清自己吹的是哪一種。這也無妨，因為不管他吹得如何，所有人都叫道：「好聽！好聽！」

這場婚禮的壓軸節目是一場煙火秀，預定在午夜準時燃放。小公主一生從未見過煙火，因此國王命令御用煙火師必須出席這場婚禮。

「煙火是什麼樣子？」小公主有天早晨在露臺散步時問王子。

「就像北極光。」國王回答，他一向喜歡代替別人回答問題。「只是比北極光自然得多。我更喜歡煙火，因為你知道它何時會出現，而且，就像我的笛聲一樣令人陶醉。妳一定要看看！」

於是，他們在王宮花園的盡頭搭起一座龐大的煙火架。御用煙火師將一切安置妥當後，煙火們便開始交談。

「世界真是美極了！」一顆小爆竹興奮喊道：「看看那些黃色的鬱金香！如果它們是爆竹，也不會比此刻好看。我真慶幸自己到處旅行過。旅行能開闊眼界，拋開一切成見。」

「國王的花園可不代表整個世界，你這愚蠢的小爆竹，」一支大型羅馬燭炮[6]說：「世界大得很，要徹底看完得花上三天。」

「任何你愛的地方，就是你的世界。」滿懷憂傷的凱瑟琳之輪煙火[7]呼喊道。她年輕時曾深愛一只舊木箱，並為這段傷心往事感到自豪。「可惜現在已沒人再談論愛情，詩人們毀了它。他們寫得太多，結果沒人相信。我一點都不驚訝。真正的愛是痛苦的。我記得有一次……但不重要了。浪漫早已成為過去。」

「胡說！」羅馬燭炮反駁：「浪漫不會消失，就像月亮一樣永遠存在，就像深愛彼此的新郎跟新娘。我今天早上才從棕色紙筒那裡聽說，他剛好跟

6 羅馬燭炮（Roman Candle），長管狀煙火，能依序發射多顆彩色火球至空中。

7 凱瑟琳之輪煙火（Catherine Wheel），輪狀煙火，中心點固定於支架或牆面，點燃後會旋轉並噴射火花。名稱源自基督教傳說中的聖凱瑟琳之輪。

我住在同一個抽屜，知道很多宮廷的消息。」

但凱瑟琳之輪煙火搖了搖頭，喃喃說道：「浪漫已死，浪漫已死，浪漫已死。」有些人認為只要不斷重複某句話，最終就會成真。她就是那種人。

突然間，響起一陣尖銳的乾咳，煙火們紛紛轉頭望去。

聲音來自一支又高又傲慢的火箭。他被綁在長棍的前端，每次說話前都會先故意咳幾聲，吸引眾人注意。

「咳咳！咳咳！」他清了清喉嚨，所有煙火都豎起耳朵，只有凱瑟琳之輪煙火仍搖著頭說：「浪漫已死。」

「肅靜！肅靜！」一支響炮大聲喊道。他頗有政治頭腦，總是在地方選舉上扮演重要角色，所以他懂得如何使用正式的議會用語。

「死透了。」凱瑟琳之輪煙火低聲說完，便沉沉睡去。

等到完全安靜下來，火箭又咳了第三聲，接著開始說話。他的語調緩慢而清晰，像在口述自己的回憶錄，而且從不正眼看人。乍看之下，他的舉止相當不凡。

「國王的兒子真幸運，」他說：「他結婚的日子，恰巧在我被點燃的這一天。說真的，就算是事先安排好的，也不可能有比這更完美的結果。不過，王子總是這麼幸運。」

「我的天！」小爆竹說：「我以為正好相反，是我們托王子的福才能飛上天呢！」

「對你來說可能是吧，」火箭回答：「確實，我相信就是如此。但我不一樣。我是一支了不起的火箭，來自非凡的家族。我母親是當代最著名的凱瑟琳之輪煙火，以優雅的舞姿聞名。她在公眾面前亮相時，足足旋轉了十九圈才熄滅，而且每轉一圈，便會拋射出七顆粉紅色的星火。她的直徑長達一公尺，以最好的火藥製成。至於我父親，他是和我一樣的火箭，來自法國。他飛得太高了，人們甚至怕他永遠留在天上。但他還是回來了，因為他心地善良，降落時還化作絢爛的金色煙雨。報紙對他的演出讚譽有加，連宮廷公報都稱他是點火藝術的巔峰之作。」

「煙火，應該是煙火藝術才對吧。」一支孟加拉煙火8說：「我確定是煙火，因為我在自己的罐子上看過。」

「但我說的是點火。」火箭以嚴厲的口氣回應，孟加拉煙火覺得大受打擊，於是轉而找小爆竹出氣，想證明自己還是個重要角色。

「我說到……」火箭繼續說：「我說到……我說到哪裡了？」

「你在講你自己。」羅馬燭炮回答。

「當然！我就知道我剛剛在講有趣的話題，結果被無禮打斷了。我最討

8 孟加拉火焰（Bengal Light），圓柱狀煙火，點燃後能產生穩定且明亮的藍色或白色火光，常用於煙火表演、慶典或作為信號。

厭無禮跟沒教養的行為，畢竟，我非常敏感。我敢說，全世界沒有人比我更敏感。」

「敏感的人會怎樣？」響炮問羅馬燭炮。

「就是自己腳上長了雞眼，所以老是去踩別人腳趾頭的人。」羅馬燭炮小聲回應。響炮聽了差點笑到炸裂。

「你們在笑什麼？」火箭問道：「我可沒在笑。」

「我笑是因為我高興。」響炮回答。

「這理由真是自私。」火箭怒氣沖沖地說：「你憑什麼高興？你應該為別人著想。其實你應該為我著想。我總是為自己著想，我希望大家也這樣。這就是所謂的同理心。這是種美德，而我可說是完美具備這種美德。你想想，要是今晚我發生什麼意外，那對大家來說是多大的不幸！王子和公主再也無法幸福，整個婚姻全毀了。至於國王，我敢說他一輩子都走不出陰影。說真的，當我開始思考自己的重大責任時，幾乎感動得流下眼淚。」

「如果你要讓別人開心，」羅馬燭炮喊道：「那你最好讓自己保持乾燥。」

「沒錯，」孟加拉煙火已經恢復平靜，附和道：「這是最基本的常識。」

「常識，廢話！」火箭憤怒地說：「你們忘了嗎？我與眾不同，我很了不起。凡是沒有想像力的人，都可以擁有常識。但我有想像力，因為我根本不管什麼真實狀況，我眼中的世界是不一樣的。」

「至於保持乾燥這種話，只表示這裡沒有人懂得欣賞感性的靈魂。但幸好，我也不在乎。支撐一個人活下去的唯一力量，就是意識到身邊的人遠遠不如他。這種就是我一直在培養的認知。」

「但你們這些傢伙根本沒有心。看看你們，又笑又鬧，彷彿剛才沒有王子和公主結婚這回事。」

「噢，好吧，」小熱氣球煙火說：「不能又笑又鬧嗎？在這個令人高興的時刻，我還打算把這個喜訊告訴天上的星星呢！等我告訴他們新娘有多美時，你會看見他們閃閃發亮。」

「哎，多麼膚淺的人生觀！」火箭說：「但我早就知道了。你根本沒有料，只是個空殼。想想吧，王子和公主或許會搬去河川流過的鄉間，那是條很深的河。或許他們會有個獨生子，一個跟王子一樣，擁有一頭金髮與紫羅蘭色眼眸的小男孩；或許有一天，小男孩跟保母出去散步，保母卻在大接骨木樹下打盹；或許小男孩會跌進那條河中溺死。太悲慘了！他們好可憐，痛失了唯一的兒子！太令人傷心了！我恐怕走不出這個打擊。」

「可是他們沒有痛失兒子，」羅馬燭炮說：「也沒遭遇任何不幸。」

「我可沒說真的發生了，」火箭回答：「我是說，可能會發生。如果他們真的失去兒子，那再說什麼也都沒用了。我最討厭那些事後懊悔的人。不過光是想到他們可能痛失愛子，我就忍不住難過。」

「你一定很難過！」孟加拉煙火說：「老實講，你是我見過最矯情的人了[9]。」

「我沒看過像你這麼無禮的人，」火箭憤怒說道：「你根本不懂我對王子的情誼。」

「是嗎？但你根本不認識王子啊！」羅馬燭炮叫道。

「我可沒說過我認識他。」火箭說：「我敢說如果我認識他，說不定反而不想跟他當朋友。畢竟，認識朋友是件危險的事。」

9 王爾德在前後兩句使用諧義雙關來暗諷火箭。原文「affected」，既指情緒受到影響、被打動，也帶有做作、虛偽的貶義。

「你還是保持乾燥比較好，這才是最要緊的事。」小熱氣球煙火說。

「我知道，這對你來說或許很重要，」火箭回應：「但我要哭，我就是要哭！」他說完真的哭了，眼淚如雨滴般順著長棍流淌而下。兩隻小蟲打算成家，正想找個乾燥的地方住，差點沒被淹死。

「他可真是生性浪漫，」凱瑟琳之輪煙火說：「沒什麼好哭的也能哭成這樣。」說完，她深深嘆了一口氣，想起了跟舊木箱的往事。

但羅馬燭炮和孟加拉煙火卻十分不滿，他們不停喊著：「騙人！騙人！」他們是極度務實的煙火，只要有反對的事情，便一律都說是騙人。

這時月亮升起，宛如一面銀色的盾牌，星星開始閃耀，宮殿裡傳來悠揚的樂聲。

王子與公主帶頭領舞。他們舞姿優美，修長潔白的百合從窗邊探頭欣賞，鮮紅的罌粟則微微點頭，隨著節奏擺動。

十點的鐘聲敲響，接著是十一點，然後是十二點。午夜最後一聲鐘響完，眾人都來到露臺上，國王召來御用煙火師。

「開始放煙火吧！」國王下令。御用煙火師深深一鞠躬，隨後帶著六名助手走到花園盡頭。每個助手都舉著點燃的火炬。

這場表演確實華麗非凡。

「咻！咻！」凱瑟琳之輪煙火旋轉而起。「轟！轟！」羅馬燭炮發出爆響。然後，小爆竹們四處飛舞，孟加拉煙火則把夜空照得通紅。「再會。」熱氣球煙火喊著，他飛向天際，丟下許多藍色的小火花。「砰！砰！」響炮在空中炸裂，歡樂無比。大家都大獲成功，只有那支了不起的火箭。他哭得太傷心，渾身濕透，根本點不著。他身上最珍貴的東西就是火藥，但早已被淚水浸得一點用也沒有。他那些只有在嘲笑時才會正眼看待的親戚們，全都像燦爛的金花一樣衝上夜空，綻放出璀璨的光芒。「萬歲！萬歲！」宮廷裡響起一片歡呼，小公主開心地笑了。

「我想，他們一定是要把我留到另一個重要的場合，」火箭說：「一定是這樣。」他比以往更傲慢了。

隔天，工人們來整理現場。「他們八成是代表團，」火箭說：「我要展現尊嚴來接見他們。」於是，他昂起頭，皺著眉心，擺出一副在思考重大問題的模樣。但工人們根本沒注意到他，直到臨走前，其中一人瞥見了他。「哎呀！」那人喊道：「竟然有支壞火箭！」說完，隨手把他扔過圍牆，丟進溝裡。

「壞火箭？壞火箭？」他在空中翻轉時說著：「不可能！他一定是說『帥火箭』，壞跟帥聽起來很像，幾乎一樣。」他掉進爛泥裡。

「這裡不太舒服，」他自言自語：「不過，想必是某個時下流行的水療池，他們送我來這裡療養身心。我最近確實很緊繃，需要好好休息。」

這時，有隻小青蛙游了過來。他的眼睛如寶石般閃亮，身上布滿翠綠的斑點。

「哦，是新來的呀！」青蛙說：「畢竟沒有比泥巴更棒的地方了。我只要下雨天和水溝，就很滿足了。你覺得今天下午會下雨嗎？希望會，但現在天空很藍，又萬里無雲，真可惜！」

「咳咳！咳咳！」火箭開始清喉嚨。

「你的嗓音真是動聽！」青蛙驚呼：「聽起來像蛙鳴，而蛙鳴當然是世上最美妙的音樂。你今天晚上就會聽見我們合唱團的演出。我們在農舍旁的舊鴨池裡，每當月亮升起，便開始歌唱。我們的歌聲太令人陶醉，大家都躺在床上仔細聆聽。不瞞你說，昨天我才聽到農夫的妻子對她母親說，她整晚因為我們無法闔上眼。發現自己這麼受歡迎，實在很開心。」

「咳咳！咳咳！」火箭不悅地咳了兩聲。他很煩躁，因為自己完全插不上話。

「確實是動聽的聲音。」青蛙繼續說：「希望你能來鴨池看看。我要去找我的女兒們了。我有六個美麗的女兒，我很擔心她們會遇到那條狗魚。他簡直就是個怪物，一眨眼就會拿她們當早餐。好吧，再會了，跟你聊天很愉快。」

「聊天，當然是聊天，」火箭說：「但從頭到尾都是你一個人在講話，這不算聊天。」

「總得有人負責聽，」青蛙回答：「而且我喜歡全部由我負責說，不但省時又能避免爭執。」

「我倒喜歡爭執。」火箭說。

「希望不是如此，」青蛙得意地說：「爭執太粗俗了，因為在上流社會裡，大家的觀點都會完全一致。再次說聲再見了，我看到我的女兒們在那裡。」小青蛙說完便游開了。

「你真是個煩人的傢伙，」火箭說：「而且沒教養。我最討厭像你這種只會聊自己的人，這樣只會讓想聊自己的人沒機會開口，比如說我。這就是我所謂的自私，而自私是最可恨的東西，尤其對我這種人來說更是如此，因為我以富有同理心而聞名。其實你應該拿我當榜樣，你不可能找到更好的榜樣了。既然你現在有這個機會，應該好好把握，因為我馬上就要回到宮裡。我在宮廷備受喜愛，事實上，王子和公主昨天的婚禮，說到底還是為了我呢。當然，這些事你不可能知道，畢竟你只是個鄉巴佬。」

「說這些根本沒用，」有隻棲息在棕色香蒲上的蜻蜓說：「根本沒用，他早就走了。」

「哦，那是他的損失，不是我的，」火箭回道：「我可不會因為他不理我就不說了。我就是喜歡聽自己說話，這是我最大的樂趣之一。我常常跟自己聊很久的天，而且我實在太聰明了，有時候連自己說的話都聽不懂。」

「那你真該去教哲學。」蜻蜓說著，展開一對美麗的薄紗翅膀飛向天空。

「他不留下來聽，真是太蠢了！」火箭說：「他大概很難再有這種提升心智的機會。但我根本不在乎。像我這樣的天才，肯定總有一天會受到賞識。」他說著，又往爛泥裡陷得更深了些。

過了一會兒，有隻大白鴨游了過來。她有雙黃色的腿和帶蹼的腳，由於走起路來搖搖晃晃，大家都認為她是大美人。

「呱，呱，呱！」她開口：「你這模樣可真奇怪！能不能請問，你是生來就長這樣，還是遇過什麼意外？」

「可見你一直都待在鄉下，」火箭回答：「不然你一定知道我是誰。不過我原諒你的無知，畢竟，指望別人和我一樣傑出，未免太不公平。要是妳知道我能飛上天空，然後化作一場金色的煙雨灑落大地，妳一定會大吃一驚。」

「我覺得這沒什麼，」鴨子說：「我不知道這有什麼用。假如你能像牛一樣耕田，像馬一樣拉車，或像牧羊犬一樣看羊，那才算了不起。」

「我的好孩子啊，」火箭用極為傲慢的語氣喊道：「看來你屬於低下階層。我這種身分的人，從來就沒有用處，我們有些成就，這就足夠了。我對任何勞動都不感興趣，尤其是你好像很喜歡的那些苦拆事。在我看來，努力工作不過是那些無事可做的人在尋找寄託罷了。」

「好吧，好吧。」鴨子說。她性情溫和，從不與人爭執。「青菜蘿蔔各有所好，希望你在這裡住得習慣。」

「噢！當然不會，」火箭叫道：「我只是來作客的，我是尊貴的訪客。老實說，這地方太無聊了，沒有社交活動，也不能獨處，根本就是個偏鄉僻壤。我大概會回宮廷去，畢竟我知道自己注定要轟動世界。」

「我也想過投身公共事務，」鴨子說：「有太多需要改革的事情了。有次我還主持了一場會議，會上通過決議，譴責所有我們不喜歡的事。不過似乎沒什麼效果。所以，現在我還是專心過日子，照顧我的家人。」

「我生來就是公眾人物，」火箭說：「我們一族都是這樣，甚至連最不起眼的也不例外。只要我們一出場，必定萬眾矚目。我雖然還沒正式亮相，但那一天絕對會震撼全場。至於什麼家庭生活，只會讓人老得快，無法專注在更崇高的事物上。」

「啊！人生更崇高的事物，多麼美好！」鴨子說：「這倒讓我想起我有多餓。」她順著河流游走了，一邊叫著：「呱，呱，呱。」

「回來！回來！」火箭尖叫道：「我還有很多話要跟妳說。」但鴨子沒理他。「走了也好，」火箭自言自語：「她果然是典型的中產階級思維。」他又往爛泥裡陷得更深一些，接著他開始思考天才的孤獨。此時，突然有兩個穿白罩衫的小男孩，帶著一個水壺和幾根木柴跑到河邊。

「這一定是來迎接我的代表團。」火箭說，並擺出一副莊重的模樣。

「嘿！」其中一個男孩喊道：「你看有根爛木棍！不知道是從哪來的。」他把火箭從水溝裡拎了出來。

「爛木棍！」火箭大聲說：「不可能！他一定是說『讚木棍』，讚木棍可是種讚美，他大概把我誤認成朝廷貴族了！」

「我們把它拿去燒吧！」另一個男孩說：「這樣水可以快點燒開。」

於是他們堆起木柴，把火箭擺在最上面，然後點火。

「太棒了！」火箭喊道：「他們要在白天點燃我，好讓所有人都能看見。」

「我們先睡一下好了，」男孩說：「等醒來水也燒開了。」說完他們便躺在草地上，閉上眼睛。

火箭因為太過潮濕，燒了好一陣子才點燃。最後，他終於著火了。

「我現在要升空了！」他叫著，使勁挺直身體。「我一定會飛得比星星還高，比月亮還高，比太陽還高。我會飛得比……」

嘶！嘶！嘶！他筆直衝上天空。

「太美妙了！」他大喊：「我要一直這樣飛下去！我實在太成功了！」

可是沒有人看見。

然後，他感覺到全身竄起一陣奇怪的刺痛。

「現在我要爆炸了！」他喊道：「我要讓整個世界陷入火海，發出巨大的爆炸聲，讓大家整年都只討論我的事。」他確實爆炸了。砰！砰！砰！火藥爆發。毫無疑問。

可是沒有人聽見。連那兩個小男孩也沒聽見，因為他們睡得正香。

這時他全身只剩下一根木棍，掉到一隻正在水溝邊散步的鵝的背上。

「老天啊！」鵝驚叫：「竟然要下木棍雨了！」說完立刻衝進水裡。

「我就知道我會引起轟動。」火箭喘著氣，然後徹底熄滅了。

石榴屋

A HOUSE OF POMEGRANATES

BY OSCAR WILDE

ILLUSTRATED BY BEN KUTCHER

繪｜班・庫契

少年國王
THE YOUNG KING

加冕典禮的前一晚，少年國王獨自坐在華美的寢宮中。朝臣們按照這天的禮節，叩頭向他告退，並退回宮殿的大廳，接受禮儀大師最後的指點。因為有些朝臣的舉止太過自在，但對於朝臣來說，不需多言，這可是十分嚴重的罪過。

那位少年，其實他年僅十六歲，對於朝臣們的離去並沒有感到難過。他長嘆一聲，如釋重負地躺倒在繡花軟墊上。他雙眼無神，嘴巴微張，像個棕色的林間牧神，又像剛被獵人捕獲的森林幼獸。

事實上，正是獵人們偶然發現他。當時他光著腳，手裡拿著牧笛，照看著那屬於窮牧羊人的羊群。牧羊人撫養他長大，而他一直以為自己是牧羊人的兒子。但其實，他是老國王的獨生女跟一個地位遠低於她的人私婚所生。有人說，那是一位異鄉人，憑著厲害的魯特琴演奏，贏得小公主的愛；還有人說，他是來自義大利里米尼的藝術家，公主對他極度恩寵。又或許是公主過於榮寵，他有天突然從城裡消失，留下未完工的大教堂壁畫。這孩子才出生一週，就被人趁公主熟睡時抱走，最後交給一對沒有孩子的普通農民夫婦。他們住在城外的偏遠林區，騎馬至少要一天才能到。至於那剛產子的白皙女子被奪去了生命。據御醫所言，死因可能是悲痛、瘟疫，也有人猜是香料酒裡混入某種速效的義大利毒藥，因為她才睡醒不到一小時就去世了。一位忠實的信使把嬰兒抱在鞍前，從疲憊的馬上下來，敲響了牧羊人簡陋的棚屋。與此同時，公主的遺體正被緩緩放入城門外一座荒廢教堂的墓穴中。據說，那座墓穴裡還躺著另一具屍體，是個相貌俊美的異國年輕男子，他的雙手被粗繩捆綁在身後，胸口被刺了許多道血淋淋的傷口。

總之，這是人們口耳相傳的故事。老國王在臨終時，不知是為了懺悔自己的滔天罪行，或只是希望血脈能繼承王位，他派人將少年找來，當著議會的面，指派他為王位繼承人。

少年似乎從他被宣布為王儲的那一刻起，就表現出對美的奇特狂熱，而這種狂熱注定會深深影響他的一生。那些在他身邊侍候的人常常提起，他一到專門為他設置的房間，才看見為自己準備的華服和珠寶時，就忍不住發出愉悅的驚呼，帶著幾乎狂喜的激動情緒，拋去身上粗糙的皮衣和簡陋的羊皮斗篷。他偶爾會懷念森林中無拘無束的愜意生活，對於宮廷那些從早到晚的繁文縟節感到不耐煩。但他發現自己已經是這座奇妙宮殿的主人，人們稱這座宮殿為「歡愉宮」。在他看來，這裡像是專為他的快樂而打造的新世界。他一有空逃離議事廳或謁見室，就會跑下裝飾著鍍金銅獅、亮色斑岩打造的大理石樓梯，在各房間遊蕩，穿梭在走廊，像是在美的世界裡尋找止痛靈藥，尋找治癒疾病的辦法。

這是他所謂的「探索之旅」，因為對他而言，確實像是航行去了奇妙的國度。他有時會帶上身形苗條、金髮碧眼的侍從，侍從們披著飄逸的斗篷，綁著鮮豔的緞帶。但他更常獨自一人，憑著近乎預感的敏銳直覺，彷彿占卜般，意識到藝術的奧祕只可在孤獨中領會。而美，正如智慧，偏愛孤獨的崇拜者。

這個時期，坊間流傳著許多關於他的奇聞軼事。據說，有位身材魁梧的市政官員，代表城裡的市民前來發表一場華麗的演說。當時他瞥見這位少年跪在一幅剛從威尼斯運來的巨幅畫作前，而那幅畫似乎預示出某種新神的崇拜。還有一次，少年失蹤了好幾個小時，經過漫長的搜尋，才發現他在宮殿北側一座塔樓的小房間，出神凝望著一枚鑲有阿多尼斯10雕像的希

10 阿多尼斯（Adonis）是希臘神話中象徵美貌與青春的美男子。

臘寶石。還有傳聞說，有人看見他把溫熱的雙唇貼在一尊古羅馬大理石雕像的額頭上。那尊雕像是修建石橋時在河床上發現的，上面刻著羅馬皇帝哈德良的比提尼亞[11]奴隸的名字。甚至，他還曾徹夜未眠，只為觀察月光灑在恩底彌翁[12]銀像上的效果。

所有稀奇昂貴的材料，對他都具有極大的吸引力。為了得到這些東西，他派出許多商隊，有的前往北海，與原始的漁民交易琥珀；有的前往埃及，尋找那種只出現在法老陵墓中的綠松石，據說它們具有神奇的力量；有的前往波斯，採購絲綢地毯和彩繪陶器，其他人則去印度，購買薄紗、染色象牙、月光石、玉鐲、檀香木、藍色琺瑯和羊毛披肩。

11 比提尼亞（Bithynia）是古代小亞細亞（今土耳其）的一個地區，比提尼亞奴隸常被視為美貌與異國情調的象徵。

12 恩底彌翁（Endymion）是希臘神話中的俊美牧羊人，受到月神塞勒涅的愛慕而獲得永恆青春，但代價是永遠沉睡於山間。

但最讓他掛念的，還是他要在加冕典禮穿的禮袍。金線織成的長袍、鑲滿紅寶石的王冠，以及綴滿珍珠的權杖。事實上，他今晚躺在奢華的長沙發上，望著壁爐中快要燃燒殆盡的松木時，腦海裡想的就是這些。這些物品的設計，出自當代最負盛名的藝術家之手。設計圖早在幾個月前就呈報給他。他下令工匠們日夜趕工，搜羅全天下配得上這些傑作的珍寶。他幻想自己身穿華美的王袍，站在大教堂的高壇前。他那孩子氣的嘴角揚起一絲微笑，深邃的黑眼睛也閃爍光彩。

沒過多久，他從座位上起身，倚著壁爐上方雕花的簷篷，環視這昏暗的房間。牆上懸掛著華麗的掛毯，描繪的是「美之凱旋[13]」。在房間一角，有個鑲嵌瑪瑙和青金石的大櫥櫃。正對窗戶的則是另一只精美的櫃子，漆

13 美之凱旋（the Triumph of Beauty）是歐洲藝術中常見的主題，象徵美戰勝醜惡或混亂，讚頌美的力量與尊榮，常見於文藝復興時期的繪畫與裝飾藝術。

板覆滿金粉並鑲著金箔。檯面上放著幾只精緻的威尼斯玻璃高腳杯，以及一只帶有深色紋理的瑪瑙杯。床上的絲綢被單上繡著淡色的罌粟，彷彿從疲倦的睡神手中落下。高聳的象牙柱托起的天鵝絨床罩，上面布滿巨大的鴕鳥羽飾，宛如白色浪花，襯托銀白色天花板上的精美雕飾。一尊納西瑟斯[14]的青銅雕像，臉上泛著微笑，雙手高舉一面光亮的鏡子。桌上則擺放著一只淺口紫水晶碗。

向窗外望，他看見大教堂巨大的圓頂，像氣泡般，籠罩在朦朧的房屋之上，疲憊的哨兵在河邊霧氣瀰漫的露臺上來回踱步。遠處的果園裡，有隻夜鶯在歌唱。一縷淡淡的茉莉花香飄進敞開的窗戶。他撥開額頭前的棕色捲髮，拿起一把魯特琴，隨意撥弄琴弦。眼皮逐漸沉重不堪，一陣奇異

14　納西瑟斯（Narcissus）是希臘神話中一位俊美而自負的少年，他因愛上自己的倒影而無法自拔，最終憔悴而死，象徵自戀與自我陶醉的典型形象。

的疲倦襲來。在此之前，他從未如此強烈而欣喜地感受到美麗事物的魔力和神祕。

當鐘樓敲響了午夜時分，他搖了搖鈴，侍從們進入房間，恭敬地為他寬衣解帶，並用玫瑰水洗淨他的雙手，在枕頭上撒滿鮮花。侍從們離開房間沒多久，他便沉沉睡去。

睡著了之後，他做了一個夢，以下是他的夢。

他夢見自己站在狹長又低矮的閣樓裡，周遭有許多織布機發出轟鳴，喀嗒作響。微弱的日光從囚窗般的窗子透進來，照見幾名紡織工瘦削的身影，他們正俯身在織布機前工作。幾個臉色蒼白、病懨懨的孩子蜷縮在粗大的橫樑上。梭子飛快穿過經線時，他們舉起沉重的織版，而當梭子停下，他們就放下織版，壓緊緯線。他們的臉因飢餓而凹陷，瘦弱的雙手顫抖不已。幾個面容憔悴的婦女坐在桌旁做針線活。屋子裡瀰漫著可怕的味道，空氣污濁又沉悶，牆壁上還凝結了濕氣，滲出水來。

少年國王走向其中一名紡織工，站在一旁看他工作。

紡織工很生氣，瞪著他說：「看我幹嘛？你是我們主人派來監視的密探嗎？」

「你們的主人是誰？」少年國王問。

「我們的主人！」那名紡織工痛苦地喊道：「他跟我一樣都是人。真的，我們只差了一點，他穿華服，我穿破衣服。我因飢餓而虛弱，他卻因吃太飽而不舒服。」

「這是一個自由的國度，」少年國王說：「你不是誰的奴隸。」

紡織工回答：「戰爭的時候，強者奴役弱者；和平的時候，富人奴役窮人。我們得工作才能活下去，但他們給的工資卻低到讓我們活不下去。我們整天為他們工作，他們的錢櫃裡堆滿了黃金，我們的孩子卻早早夭折，我們所愛之人變得冷酷邪惡。我們榨葡萄，別人卻喝美酒。我們種莊稼，餐桌卻是空的。我們身上有枷鎖，卻無人看見。我們是奴隸，大家卻說我們很自由。」

「你們全都是這樣嗎？」他問道。

「大家都是這樣，」紡織工回答：「不論年輕人和老人，男人和女人，孩童還是長者，全都無一倖免。商人壓榨我們，我們只得聽命。神父騎馬路過，他撥著念珠祈禱，卻沒有人理會我們。在這個見不到陽光的小巷裡，貧窮帶著蠢蠢欲動的雙眼悄然爬行，罪惡則滿臉麻木地緊跟在後。早晨，喚醒我們的是苦難，夜晚，伴我們入眠的是恥辱。但這又關你什麼事？你不屬於我們，你看起來一臉幸福。」他皺起眉轉身，將梭子甩過織布機，少年國王看見梭子上穿著一根金線。

他嚇了一大跳，對紡織工說：「你在織的是什麼袍子？」

「這是少年國王加冕典禮上要穿的禮袍，」他回答：「但關你什麼事？」

少年國王大叫一聲，驚醒過來，發現自己就在他的寢宮裡。他看見窗外蜜色的大月亮懸掛在昏暗的天際。

他又睡著了，做了一個夢，以下是他的夢。

他夢見自己躺在大型槳帆船的甲板上，船上有一百名奴隸在划槳。槳帆船的主人坐在他身邊的地毯上，他的膚色黝黑如烏木，頭上綁著深紅色的絲綢頭巾，碩大的銀耳環拖著他肥厚的耳垂，手裡拿著一對象牙秤。

奴隸們幾近赤裸，只圍著破爛的腰布，每人以鎖鏈相連。他們曝曬在炙熱的陽光下，黑人監工們在舷梯上來回奔跑，用皮鞭抽打他們。他們伸出瘦弱的手臂，拉動水中沉重的槳葉，濺起鹹鹹的浪花。

最終，他們抵達了一個小海灣，開始測量水深。一陣微風從岸邊吹來，甲板和巨大的三角帆蒙上了一層細細的紅土。三名阿拉伯人騎著野驢衝出來，朝他們投長矛。船長拿起一把彩繪弓，射穿了其中一人的喉嚨，那人重重摔進海浪中，另外兩人則策驢逃離。他們身後有個女人，臉裹黃色面紗，騎著駱駝緩緩跟在後面，不時回頭看那具屍體。

他們一拋下錨、降下帆後，黑人監工們就進入船艙，搬來一條用鉛塊加重的長繩梯。船長把梯子扔到船舷外，將兩端固定在兩根鐵柱上。然後，黑人們找來最年輕的奴隸，敲開他的腳鐐，用蠟塞住他的鼻孔和耳朵，並在他腰間繫上大石塊。他疲憊地爬下梯子，消失在海中，沉下去的地方冒出一些氣泡。有些奴隸在船舷旁好奇地探頭看。船頭坐了一個驅趕鯊魚的人，持續敲著鼓。

過了一會兒，那位潛水的人浮出水面，氣喘吁吁地抓住梯子，右手握了一顆珍珠。黑人們搶過他手中的珍珠，又把他推回海裡。其他奴隸則倚著槳睡著了。

他一次又一次浮出水面，每次都帶回一顆美麗的珍珠。船長稱重之後，將它們放進綠色的小皮革袋。

少年國王試圖開口說話，但舌頭似乎黏在上顎，嘴唇無法動彈。黑人們喋喋不休，還為了一串瑰麗的珠子吵了起來。兩隻鶴在船隻上空盤旋。

接著，那位潛水的人最後一次浮出水面。他帶回的珍珠比忽里模子15的所有珍珠都還要美麗，它形似滿月，比晨星還要潔白。但他的臉色非常蒼

15 忽里模子（Ormuz）為波斯灣入口處的歷史名城，古時以盛產珍珠聞名。

白，隨後便倒在甲板上，鮮血從耳朵和鼻孔湧出。他顫抖了一下子，就靜止不動了。黑人們聳聳肩，便把屍體拋入海裡。

船長笑了，伸手拿起那顆珍珠。他看了看，便將珍珠貼在額頭上，深深鞠了一躬。他說：「這將獻給少年國王的權杖。」語畢，他示意黑人們起錨。

少年國王聽到這句話時，大叫一聲，隨即醒了過來。他透過窗戶，看見黎明那灰色的長指頭，正抓著逐漸消失在天際的星點。

他又睡著了，做了一個夢，以下是他的夢。

他感覺自己正漫步在一片幽暗的林地，樹上懸掛著奇異的果實和絢麗的毒花。他走過的時候，毒蛇嘶嘶吐信，鮮豔的鸚鵡則尖叫著，穿梭在樹枝間。巨大的陸龜趴在溫暖的泥淖上沉睡。林木之間，猿猴與孔雀隨處可見。

他走啊走，一直走到林地的邊緣。那裡，他看見一大群人在乾涸的河床上，揮汗如雨地勞動著。有些人像螞蟻一樣，成群爬上峭壁；有些人挖掘深坑，然後鑽入其中；有些人揮舞巨斧，劈開堅硬的岩石，還有人在沙礫中仔細摸索。他們連根拔起仙人掌，踐踏猩紅的花朵。眾人步伐匆忙，互相呼喊，沒人在休息。

死神與貪婪在幽暗的洞穴裡注視著他們。死神說：「我累了，快把他們其中的三分之一給我，讓我趕快走人。」但貪婪搖了搖頭，她說：「他們都是我的僕役。」

死神問她：「你手裡握著什麼？」

「我有三粒穀物。」她回答：「怎麼了？」

「給我一粒吧。」死神叫道：「我要種在我的花園裡。只要一粒就好，我會馬上走人。」

「我什麼都不給你。」貪婪拒絕，她把手藏入衣袍的褶皺裡。

死神冷笑，隨後拿起一只杯子，浸在一池水中。瘧疾女神從杯中現身，她經過那群人，三分之一的人隨即身亡。一股寒氣跟著她，水蛇在她身邊游動。

貪婪看到三分之一的僕役死去，於是捶胸大哭。她捶打著自己乾癟的胸膛，大聲哀嚎。「你殺了我三分之一的僕役！」她喊道：「你給我滾開！韃靼山脈在打仗，各方的國王都在召喚你。阿富汗人已宰殺黑牛16，正前往戰場。他們用長矛敲擊盾牌，頭戴鐵盔。我這片山谷對你來說算得了什麼，你為什麼還留在這不走？快滾開，別再回來了。」

「不。」死神回答：「除非你給我一粒穀物，否則我絕不離開。」

但貪婪緊緊抓著手，咬牙切齒。「我什麼都不給你。」她低聲說。

死神再次冷笑，他撿起一塊黑色石頭擲入森林。結果，身披烈焰長袍

16 古代中亞、西亞及部分印歐文化中，宰殺黑牛常作為重大的祭祀儀式，用以祭祀神明、祈求戰爭勝利或締結盟約。

的熱病女神，從一簇野生的毒芹中現身。她穿進人群，伸出手輕輕觸碰他們，凡被觸及之人皆無一倖免。凡她走過之處，草木也隨之枯萎。

貪婪渾身顫抖，在頭上撒了灰燼[17]。「你太殘忍了，」她喊道：「你太殘忍了。印度的城裡正鬧饑荒，撒馬爾罕的水井已經乾涸。埃及的城裡也有饑荒，蝗蟲從沙漠席捲而來。尼羅河久久沒氾濫，祭司們詛咒著伊西斯與奧西里斯[18]。快去找那些真正需要你的人吧，把我的僕人留給我。」

「不。」死神回答：「除非你給我一粒穀物，否則我絕不離開。」

「我什麼都不給你。」貪婪回答。

17 在頭上撒灰燼是古代表達哀悼、悲傷或懺悔的傳統習俗，象徵極度的痛苦與謙卑。

18 伊西斯與奧西里斯為古埃及重要神祇，分別象徵豐饒、治癒與復甦。

死神又笑了，他吹響口哨，天上有一名女子乘風而來。她額頭上寫著「瘟疫」，一群消瘦的禿鷹盤旋在她身邊。她張開雙翼遮去整個山谷，無一人倖免於難。

貪婪尖叫著跑進林間。死神跨上紅色的馬疾馳而去，速度比風還要快。

山谷底部的淤泥中，爬出了巨龍和覆蓋鱗甲的恐怖生物。豺狼沿著沙地奔跑而來，張著鼻孔嗅聞空氣。

少年國王哭著，哽咽地問道：「這些人是誰？他們在找什麼？」

「他們要找國王王冠上的紅寶石。」一個站在他身後的人回答。

少年國王嚇了一跳，猛然轉身，看見一名身穿朝聖者服飾的男子，手裡拿著一面銀鏡。

他的臉色蒼白，問道：「哪位國王？」

朝聖者回答：「你可以看看，就在這面鏡子裡。」

他望向鏡子，看見自己的臉，便驚叫一聲醒了過來。明媚的陽光灑進房間，鳥兒在花園的樹上歌唱。

這時，宮務大臣和高級官員們走進來，向他行禮。侍從們送來金線織成的長袍，並將王冠和權杖放在他面前。

少年國王看著這些物品，覺得它們精美絕倫，比他見過的任何東西都還要美。但他想起了夢境，於是對大臣們說：「把這些東西拿走，我不會用的。」

大臣們很驚訝，還有些人以為國王在開玩笑，所以笑了出來。

但他再次嚴厲地說：「把這些東西拿走，藏起來，別讓我看見。就算今天是我的加冕典禮，我也不會用。因為這件長袍是在悲傷的織布機上，用痛苦又蒼白的手織成。紅寶石的心沾染鮮血，珍珠的心藏著死亡。」然後他說出他的三個夢。

大臣們聽完他的三個夢，面面相覷，低聲說道：「他八成瘋了。夢只是夢，幻象只是幻象，都不是現實，何必在意？那些為我們勞動的人，他們的生命又跟我們有什麼關係？難道沒看到播種，就不能吃飯了嗎？難道沒跟葡萄園的人說話，就不能喝酒了嗎？」

這時，宮務大臣對少年國王說：「陛下，請您拋開這些陰鬱的想法，穿上這件華麗的長袍，戴上這頂王冠。您要是不穿王服，百姓怎麼知道您是國王呢？」

少年國王看著他。「是這樣嗎？」他問道：「如果不穿王服，人們就認不出我是國王嗎？」

「他們會認不出您的，陛下。」宮務大臣喊道。

「我曾以為有些人生來就具備王者風範，」他回答：「但也許你是對的。

但我還是不會穿這件長袍，也不會戴這頂王冠。我怎麼來到宮殿，就怎麼離開。」

他吩咐所有人離開，只留下一名比他小一歲的侍從，留在身邊待命。他用清水沐浴後，打開一個彩繪的大箱子，從中取出他放羊時穿的皮外衣和粗糙的羊皮斗篷。他穿上這些舊衣服，拿起那根笨拙的牧羊人手杖。

小侍從睜大了湛藍的眼睛，驚奇地看著國王，微笑說道：「陛下，我看到您身穿禮袍，手拿權杖，但您的王冠在哪裡？」

少年國王隨手摘下一枝爬上陽臺的野薔薇，彎折起來，編成一圈頭環，戴在自己頭上。

「這就是我的王冠了。」他回答。

他就這樣著裝完畢，走出寢宮，來到大廳，貴族們已在那裡等候。

貴族們見狀一片譁然，有些人喊道：「陛下，人民等著國王，您卻要讓他們看見乞丐。」另一些人則憤怒地說：「他讓我們的國家蒙羞，不配做我們的主人。」但他一句話也沒回應，逕自走過他們，走下那亮色的斑岩階梯，穿過青銅大門，跨上馬背，朝著大教堂騎去，小侍從跑在他身邊。

街上的人們笑了起來。「那是王宮來的小丑。」他們嘲笑他。

他勒住馬，說道：「不，我就是國王。」然後他告訴大家那三個夢。

有個人走出人群，尖刻回應他：「大人，您難道不知道，富人的奢侈正是窮人的生計來源嗎？你們的排場養活了我們，你們的惡習給了我們麵包。為苛刻的主人勞動固然痛苦，但沒有主人可以為之勞動，是更大的痛苦。你以為烏鴉會餵養我們嗎？對於這些事，您又有什麼解方？難道您要告訴買家說『你得用這個價錢買』，又對賣家說『你得用這個價格賣』嗎？我可不相信。所以，請您還是回宮裡去吧，穿上您的紫袍和細麻衣。您與我們，還有與我們的苦難又有什麼關係？」

「富人和窮人難道就不是手足嗎？」少年國王問道。

「是啊，」那人回答：「那個富有的兄弟，名字是該隱19。」

19 該隱是《聖經》中，亞當與夏娃的長子，因嫉妒殺害弟弟亞伯。

少年國王的眼裡充滿淚水，他騎馬穿過人們的低語。小侍從因為太害怕，離開了他。

他抵達大教堂宏偉的正門時，士兵們伸出長戟攔住他。「你來這裡做什麼？只有國王能從這扇門進去。」

他臉上泛起怒意，對他們說：「我就是國王。」說完他揮開長戟，走了進去。

老主教看見他穿著牧羊人的衣裝走進來，驚訝地從寶座上起身，迎上前去，對他說：「我的孩子，這哪是國王該有的裝束？我該用什麼王冠為你加冕？又該把什麼權杖交到你手中？這理應是你快樂的日子，而非你受辱的日子啊。」

「難道為了快樂，就能穿上悲傷織成的衣服嗎？」少年國王說。然後他告訴了主教那三個夢。

主教聽完後，皺起眉頭說：「孩子啊，我已是個老人，年事已高，我知道這廣闊的世界上有許多罪惡之事。兇猛的強盜衝下山，擄走幼童，賣給摩爾人[20]。獅子埋伏著等待商隊，撲向駱駝。野豬在山谷裡破壞莊稼，狐狸在山丘上啃食葡萄藤。海盜劫掠海岸，燒毀漁民的船隻，奪走漁網。鹽沼裡住著被放逐的痲瘋病人，他們住在蘆葦搭建的屋裡，無人敢靠近。乞丐在城市裡四處流浪，與野狗爭食。難道你能讓這一切不再發生嗎？難道你要跟痲瘋病人同床共寢，邀乞丐同桌共餐嗎？你能讓獅子聽你的命令，讓野豬服從你嗎？那創造苦難的上帝，難道不比你更有智慧嗎？所以，我並

20 摩爾人是居住在非洲北部的民族。曾渡過直布羅陀海峽征服西班牙，形成中世紀的摩爾文化。

不讚美你今天的所為，反而要請你回宮殿，展露笑顏，穿上國王該穿的衣服。我將用金王冠為你加冕，把珍珠權杖交到你手中。至於那些夢，就別再想了。這世間的擔子太重，非一人能肩負，這世間的悲傷也太沉重，非一顆心能承受。」

「你竟在這座聖殿中說這樣的話嗎？」少年國王說著，大步走過主教身旁，登上祭壇的臺階，站在基督的聖像前。

他站在基督像前，左右兩邊各擺著奇異精美的金色器皿，是盛著黃葡萄酒的聖杯，和裝著聖油的瓶子。他跪在基督像前，神龕上鑲嵌珠寶，一旁的大蠟燭燃燒著明亮的火光，薰香的煙霧繚繞成一縷淡藍色的細線，飄向圓頂。他低頭祈禱，身穿硬挺祭披的祭司們則悄悄走下祭壇。

突然，外面的街道傳來一陣騷動，貴族們衝了進來。他們拔出長劍，手持擦亮的鋼盾，頭戴搖曳上的羽飾。「那個作夢的人在哪？」他們喊道。「那個穿得像乞丐的國王在哪？讓我們國家蒙羞的少年在哪？我們一定要殺了他，他不配做我們的王。」

少年國王再次低下頭祈禱，禱告結束後，他站起來，轉過身，悲傷地看著他們。

看啊！這時陽光透過彩繪玻璃窗，照在他身上，光線在他身上織出閃亮的袍子，比那件依他喜好而精心製作的袍子更加華美。他手中的枯枝開了花，生出比珍珠更潔白的百合。頭上乾枯的荊棘也開了花，生出比紅寶石更鮮紅的玫瑰。那百合比珍珠更潔白，花莖是閃耀的銀色。玫瑰比紅寶石更鮮紅，葉片則如鍛打的黃金般閃亮。

他身穿王者之服站在那裡，鑲嵌珠寶的神龕大門打開了，聖體的水晶綻放出奇妙而神祕的光芒。他穿著王者之服站在那裡，上帝的榮耀充滿整座教堂，就連雕刻在壁龕中的聖徒們彷彿也動了起來。他穿著美麗的王者之服，站在大家面前，管風琴奏出樂音，號手吹響號角，唱詩班的孩子們齊聲歌唱。

人們敬畏地跪倒在地，貴族們收劍入鞘，向他致敬。主教臉色蒼白，雙手顫抖。「比我更偉大的存在已為你加冕。」他喊道，隨即跪在國王面前。

少年國王走下高壇，穿過人群回到宮中。但沒有人敢直視他的臉龐，因為那容貌宛如天使。

少年國王

西班牙公主的生日

THE BIRTHDAY OF THE INFANTA

今天是西班牙公主的生日。她剛滿十二歲，這天陽光燦爛，灑落在宮殿花園。

雖然她是真正的公主，也是西班牙國王之女，但她跟那些貧窮人家的孩子一樣，一年也只有一次生日。所以，這一天對整個國家來說可是大事，應該讓她過上美好的一天。而今天確實是個美好的日子。高挺的條紋鬱金香筆直地站著，像整齊排列的士兵，面帶挑釁，隔著草坪望向玫瑰，彷彿在說：「我們現在跟你們一樣美呢。」紫色的蝴蝶身披金粉，翩翩飛舞，在花間流連；小蜥蜴從牆縫間鑽出來，沐浴在白晃晃的日光下慵懶地伸展身子；石榴因炎熱而裂開，露出鮮紅如血的果心。就連那些淡黃色的檸檬，懸掛在腐朽的棚架與昏暗的拱廊上，也似乎在這奇妙陽光下，沾染更濃郁的色彩。玉蘭樹則綻放出乳白色的巨大花朵，散發著濃郁芬芳。

小公主與夥伴們在露臺上來來去去，繞著石雕花瓶與布滿青苔的舊雕像玩起捉迷藏。平日裡，她只能與同等身分的孩子玩，所以總是獨自一人。但生日這天則例外，國王特地下令，允許她邀請任何她喜歡的朋友來玩。這群纖細的西班牙貴族孩子，舉手投足間都帶著優雅。男孩們頭戴大羽飾帽，披著隨風飄動的短斗篷；女孩們則提起錦繡長裙，拿著黑銀相間的大扇子遮擋陽光。但最優雅的，當屬公主本人，穿著也最為講究，是那種時下略顯繁複的風格。她身著灰色緞面長袍，裙子和寬大的泡泡袖上繡著大量銀線，硬挺的束腰上鑲滿幾排細緻的珍珠。她走路時，裙擺下那雙繫著粉色蝴蝶結的鞋子若隱若現。她手中拿著粉色與珍珠色相間的薄紗扇。頭髮像是一圈淡金色光環，圍繞著她白皙的小臉，髮間還別了一朵美麗的白玫瑰。

憂鬱而悲傷的國王，正從宮殿的窗戶望向他們。他身後站著令他憎惡的弟弟，阿拉貢的唐·佩德羅，而他身旁則坐著他的告解神父，格拉納達的大宗教裁判官。今天，國王比往常更憂傷，因為當他看見公主帶著稚氣的莊重，向聚集的宮廷貴族們行禮，或是躲在扇子後面，偷偷嘲笑那位總是陪著她、個性嚴肅的阿爾布開克公爵夫人時，國王的思緒不禁飄向那位年輕的皇后，也就是公主的母親。對國王而言，一切恍如昨日。皇后從快樂的國度法蘭西而來，卻在這陰鬱而華麗的西班牙宮廷中日漸憔悴，結果生下女兒之後六個月便辭世，甚至還沒見到果園裡的杏樹第二次開花，也還沒摘下那棵老無花果樹第二年結出的果實。無花果樹仍佇立在庭院中央，而庭院已經長滿了荒草。

他對皇后的愛如此深切，所以不願將她放進墳墓。一位摩爾籍醫師為她的遺體做了防腐處理。這名醫師的性命，據說因為牽連到異端與巫術，照理該被宗教法庭處決，卻因為服務國王而得以存活。時至今日，皇后的遺體仍安放在宮殿的黑色大理石小聖堂，靜靜躺在華麗的織錦靈榻上，面容一如十二年前那個颳起大風的三月，修士們將她抬進來的樣子。每個月，國王都會裹著黑色斗篷，提燈籠前往聖堂，在她身旁跪下，喚著：「我親愛的皇后！我親愛的皇后！」西班牙宮廷內充斥著禮俗，甚至為國王設定好界線。但有時候，他會忍不住打破那些規範，在一陣絕望中，緊抓她那蒼白、鑲滿寶石的手，痛苦而瘋狂地吻著那張冰冷、塗滿胭脂的臉，試圖喚醒她。

今天，他彷彿又見到了皇后，就像當年在法國楓丹白露宮初次見到她的那一刻。那時他十五歲，而她小一些，在法國國王與整個宮廷的見證下，教皇使節正式宣布了他們的婚約。他帶著一撮金色頭髮，還有對方送他進馬車時，俯下身用稚嫩的雙唇吻他手背的記憶，返回埃斯科里亞爾。接著想起的，是婚禮的記憶。他們在布爾戈斯匆匆舉行了婚禮，那是座位於兩國邊境的小城。婚禮後，他們便隆重地進入馬德里，按照傳統在阿托查聖母聖殿舉行盛大的彌撒，還有一場格外莊嚴的宗教裁判所火刑儀式。在那場儀式上，約有三百名異教徒受到世俗法庭審判，送上火刑柱焚燒，當中許多是英國人。

他真的瘋狂愛過她，許多人都認為，正是這份愛情幾乎毀了整個國家。因為西班牙當時正與英格蘭爭奪新大陸的霸權。他幾乎不允許她離開自己的視線，為了她，他已然拋開，或者說似乎拋開了所有國政大事。在那令人盲目的激情之下，使他完全沒有發現，那些他用來取悅皇后的儀式，反而加劇了她所患的奇異病症。

皇后死後，他有段時間幾乎失去理智。事實上，他本來打算正式退位，遠走格拉納達的大隱修院，隱居於他擁有的這座寧靜修道院。但他因為害怕小公主落入弟弟之手而作罷，畢竟那是一位殘酷無情，連在西班牙也聲名狼藉的亞拉岡公爵。許多人甚至懷疑，正是唐·佩德羅害死了皇后，因為在她造訪亞拉岡城堡時，他曾獻上一雙塗了毒藥的手套。

他在全國頒布為期三年的國喪，哀悼結束之後，他也從不允許大臣們提到任何新的婚事。當神聖羅馬皇帝親自派遣使節，提議將美麗的波希米亞女大公許配給他時，他卻命令使者轉告：「西班牙國王已經與悲傷結為連理。雖然這位新娘無法生子，但他愛她勝過美麗。」這句話，讓西班牙失去了富饒的尼德蘭地區。因為不久後，在神聖羅馬皇帝的策動下，一群新教狂熱分子發動了叛亂。

如今，當他看著露臺上的小公主，腦中再次浮現那段婚姻中熾烈而絢爛的歡愉，與驟然熄滅的痛苦結局。公主繼承了皇后漂亮而任性的神態，同樣倔強地甩動頭髮，有著同樣驕傲且向上彎的美麗小嘴，以及同樣迷人的微笑，那是純正的法國笑容。她不時抬頭望向這扇窗，或伸出纖細的手，讓高貴的西班牙紳士們輕吻。

然而，孩子們刺耳的笑聲擾亂了他的思緒，耀眼而無情的陽光彷彿在嘲弄他的悲傷。晨間的空氣中，隱隱瀰漫著一股奇異的香料氣味。聞起來像是防腐用的香料，難道……這只是錯覺？他掩住臉，不願再看。當公主再次望向窗戶時，窗簾已經拉上，國王退回內室。

公主失望地嘟起嘴，聳聳肩。他明明可以留下來陪她過生日，愚蠢的國家大事又算什麼？或者……他又跑去那座陰暗的教堂了？那裡成天點著蠟燭，為什麼總是不允許她進去？他真蠢，陽光那麼燦爛，所有人都那麼快樂！再說，他還會錯過那場假鬥牛賽，聽那號角聲已經響起。更別提木偶戲，還有其他精彩表演。她的叔叔跟宗教裁判長可聰明多了，他們早已來到露臺，對她說了些客套話。於是，她甩了甩漂亮的頭髮，挽起唐．佩德羅的手，優雅地走下臺階，走向花園盡頭那座紫色絲絹涼亭。她的朋友們則按著嚴格的身分順序跟上，名字最長的人走在前面。

一隊貴族男孩打扮成華麗的鬥牛士，前來迎接公主。長相俊美的蒂耶拉．努埃瓦伯爵，他年約十四歲，展現出與生俱來的西班牙貴族風範，優雅地脫下帽子，並恭敬地引領她坐上競技場高臺上的一張鍍金象牙椅。孩子們圍成一圈，輕搖大扇，低聲交談。唐．佩德羅與宗教裁判長則站在入口處笑著。就連公爵夫人（大家叫她宮廷女侍總管）這位面容消瘦、五官嚴肅，總是穿著黃色荷葉領的女人，今天也難得看起來不那麼嚴苛，皺紋縱橫的臉上竟掠過一絲淡淡的笑意，連她那乾癟的嘴唇也微微抽動。

眼前的鬥牛表演確實精彩，公主甚至覺得，比她曾在塞維亞觀賞的真正鬥牛還要有趣，那次她是隨父王接待帕爾馬公爵時看的。場中，有些男孩騎著裝飾華美的竹馬，揮舞著綴滿彩色絲帶的長標槍；另一些男孩則徒步繞場，揚起猩紅色的斗篷，吸引公牛衝刺。當牠撲來時，他們便輕盈地閃避。至於那頭「公牛」，雖然只是一具藤條與獸皮製成的道具，但看起來就像真的一樣，甚至偶爾還會只用後腿奔跑，這可不是活生生的公牛做得到的事。這場戰鬥激烈又逼真，孩子們看得興奮不已，紛紛站上長凳，揮舞蕾絲手帕，高喊：「公牛萬歲！公牛萬歲！」樣子成熟極了，彷彿他們已經是大人一般。

經過漫長的激鬥，數匹木馬被公牛刺穿，騎士們相繼墜馬。最終，年輕的蒂耶拉．努埃瓦伯爵成功讓公牛屈膝，並向公主請示是否可以給予致命一擊。他得到允許後，舉起木劍，全力刺向牛頸，結果竟將牛頭直接砍了下來，露出牛頭底下正在大笑的小洛林公子，他是法國駐馬德里大使的兒子。

一片熱烈掌聲中，大家清場完畢，兩名身穿黃黑相間侍從服的摩爾侍童莊重地將「陣亡」的木馬拖離競技場。短暫的幕間休息後，有個法國雜技師登上繩索，在半空中展現驚人技巧，而一旁的舞臺上，則有義大利木偶登場，演出半古典悲劇[21]《索芙妮絲芭》[22]。木偶的表演精湛，動作非常逼真，演出結束後，公主眼中竟泛著淚光，有些孩子還哭了起來，得靠糖果安慰。連宗教裁判長也頗為感動，不禁對唐·佩德羅說，這世上竟有這般悲慘的命運，降臨在這些僅僅是木頭與蠟雕塑的機械偶身上，令人難以忍

21 半古典悲劇指的是部分承襲古希臘悲劇形式與主題結構，並融合近代戲劇對人性、情感的細膩描寫。

22 《索芙妮絲芭》（*Sophonisba*）是以古代迦太基貴族女子悲劇命運為題材的戲劇，描繪女性在愛情、國家與命運夾縫中的悲壯選擇。

受。

接下來登場的是非洲來的雜耍師，他帶來一只大而淺的籃子，上面覆蓋著紅布，並將它放在舞臺中央。他從頭巾裡取出一支奇特的蘆笛，吹奏了起來。笛聲漸漸高昂，沒過多久，紅布微微顫動，兩條金綠相間的蛇緩緩升起，探出了楔形的頭，隨旋律左右擺動，宛如搖曳的水草。孩子們相當害怕牠們長滿斑點的頸部皮摺和快速吐出的蛇信，直到魔術師用細沙變出一棵小橘子樹，還開出潔白的花朵，結出一串串真正的果實，他們才恢復興致。而當他拿起拉斯·托雷斯侯爵小姐的摺扇，將它變成一隻藍色小鳥，在涼亭周圍一邊飛翔一邊鳴唱時，孩子們的驚喜已經無法言喻。

最後，來自皮拉爾聖柱聖母聖殿主教座堂[23]的舞者男孩們，帶來了莊重典雅的小步舞。每年五月，這個盛大的儀式都會在聖母大殿的高壇前舉行，而公主以前從沒見過。事實上，西班牙皇室已經多年未踏入薩拉戈薩的這座大教堂。據說曾有一名受英格蘭伊莉莎白女王指使的瘋狂祭司，企圖將下毒的聖餅餵給阿斯圖里亞斯親王[24]。因此，公主只聽聞過這被稱為「聖母之舞」的儀式，而它確實美不勝收。

舞者們身穿古典白色天鵝絨宮廷服飾，頭戴奇特的三角帽，帽子鑲有銀邊，頂端裝飾著巨大的鴕鳥羽毛。他們在陽光下舞動時，雪白的衣裳更加襯托出他們黝黑的臉龐和烏黑的長髮。他們以莊重的姿態穿梭於繁複

23 皮拉爾聖柱聖母聖殿主教座堂（Nuestra Señora del Pilar）位於西班牙薩拉戈薩（Saragossa），是西班牙最重要的天主教聖地之一，以供奉聖母瑪利亞著稱。

24 阿斯圖里亞斯親王（Prince of the Asturias）是西班牙王儲的正式頭銜。

的舞步中，每一個動作都流露出古典的韻律感，而那緩慢而隆重的行禮，更是展現了無與倫比的優雅。演出結束時，他們摘下巨大的羽飾帽向公主行禮，而她也回以致意，並暗自發誓，要為聖母皮拉爾獻上一支巨大的蠟燭，以感謝這場帶給她喜悅的表演。

一群英俊的埃及人，也就是當時所稱的吉普賽人。他們隨後走進競技場，盤腿圍坐成一圈，輕柔地彈起齊特琴，身體隨著旋律搖晃，低聲哼唱著悠遠夢幻的曲調。他們瞧見唐·佩德羅時，有些人滿臉怒色，有些人則神色驚恐。因為就在幾週前，他才在塞維亞的市集廣場上，以行巫術為罪名，處決了兩個埃及人。然而，公主的美貌令他們深深著迷。她靠在椅背上，從扇子後面探出碧藍的大眼睛，他們相信，如此美麗的女孩絕不會對誰殘忍。於是，他們繼續用又長又尖的指甲輕輕撥動琴弦，頭也隨著音符擺動，好似快要睡著般。

突然間，一聲尖叫讓孩子們嚇了一跳，就連唐．佩德羅都下意識地抓住匕首的瑪瑙柄。他們一躍而起，在場內瘋狂旋轉，擊打手鼓，用奇特的喉音高聲唱著狂野的情歌。接著在另個信號的指引下，他們又全都倒在地上，一動也不動，只有琴弦低沉的顫音打破沉寂。他們重複了數次之後短暫退場，然後牽著一頭棕熊回到場上，肩上還扛著幾隻小巴巴里獼猴。

那頭熊認真擺出倒立姿勢，乾瘦的猴子則耍弄各種滑稽的把戲，與兩名年輕的吉普賽男孩配合演出。他們拔劍對戰，放槍擊發，甚至模仿國王禁衛軍的操練，像訓練有素的士兵。吉普賽人的表演確實非常精彩。

但整個上午最有趣的節目，絕對是小侏儒的舞蹈。他跟蹌地走到場上，彎曲的雙腿搖搖晃晃，巨大的畸形腦袋東倒西歪。孩子們立刻爆發出歡樂的笑聲，連公主也笑得喘不過氣。結果宮廷女侍總管不得不提醒她，西班牙歷史上確實有公主在貴族同儕面前流淚的先例，但從來沒有皇室血統的公主會在身分低微者面前笑得如此開懷。

但侏儒的魅力令人無法抗拒。西班牙宮廷向來以熱愛「恐怖美學」聞名，然而這樣怪異的小怪物，他們還是頭一次見到。這也是他第一次露面。就在前一天，幾個貴族在城鎮外的橡木森林狩獵時，發現了這個到處遊蕩的畸形男孩，便將他帶回宮廷，作為送給公主的驚喜。他的父親是個窮困的燒炭工，能擺脫這個既醜陋又毫無用處的孩子，自然是求之不得。

或許最有趣的是，這個小侏儒完全沒意識到自己的怪異外貌。他看起來非常快樂，且精神飽滿。每當孩子們大笑，他也跟著開懷大笑，和他們一樣純真快樂。每支舞結束後，他都會滑稽地行禮，笑著對他們點頭，彷彿自己與這些王公貴族的孩子並無不同，而不是在大自然捉弄下誕生的畸形怪物，被創造出來供人取笑。

至於公主，她徹底迷倒了他。他的目光始終離不開她，彷彿只為她一人跳舞。演出結束時，公主突然想起，曾經在宮廷裡親眼見過貴婦們向義大利男高音卡法雷利拋擲鮮花。那是一位教皇親自派遣來馬德里，以天籟之聲撫慰國王憂鬱心緒的歌手。於是公主靈機一動，為了開玩笑，也為了戲弄女侍總管，她從金髮上摘下一朵白玫瑰，帶著最甜美的微笑拋向侏儒。但侏儒卻當真了。他顫抖著接住玫瑰，緊緊貼在粗糙的嘴唇上，然後將手按在心口，單膝跪地，咧嘴而笑，明亮的小眼睛充滿了喜悅。

這讓公主完全破了功。即使小侏儒都已經跑出競技場，她還是笑個不停，還跟她叔叔說想要立刻再看一次。然而，宮廷女侍總管以陽光太大為由，堅持公主殿下應該立刻回宮，因為那裡已為她準備了盛大的宴席，其中包括一個貨真價實的生日蛋糕，上面用彩色糖霜繪滿了她的姓名縮寫，頂端還插著一面精緻的銀旗。於是，公主莊重地起身，吩咐小侏儒在午睡過後再為她跳舞，並向年輕的蒂耶拉．努埃瓦伯爵致謝，感謝他的熱情款待。隨後，她回到自己的房間。孩子們則依照進場時的順序跟在她身後。

當小侏儒聽到自己要再次表演，而且還是公主親自下的命令，他感到無比自豪，於是跑進花園，一邊激動地親吻那朵白玫瑰，一邊做出各種粗野又笨拙的動作來表達自己的喜悅。

花兒們發現他闖進她們美麗的家園，內心滿是不悅。她們看他在花徑上手足舞蹈，還用那麼滑稽的姿勢揮動雙臂，終於再也無法忍受。

「他實在太醜了，根本不能讓他來我這玩。」鬱金香喊道。

「他應該喝罌粟汁，沉睡一千年才對。」鮮紅的百合說道，她們看起來像是氣得脹紅了臉。

「簡直是個怪物！」仙人掌尖叫：「你們看，他身體又扭曲又矮小，頭跟腿完全不成比例！真讓我渾身發癢，他要是敢靠近我，就用刺狠狠扎他。」

「而且，他竟然還拿著我最美的一朵花！」白玫瑰樹也說：「那是我今天早上特地獻給公主的生日禮物，竟被他偷走了。」她奮力喊道：「小偷！小偷！小偷！」

紅天竺葵一向不自視甚高，且身邊不乏貧困親戚，就連他們見到他，也厭惡地縮起葉片。溫順的紫羅蘭試圖緩頰，說他確實長得醜，但也是無可奈何。這時天竺葵立刻反駁說，那才是他最大的缺點，而且，世上並沒有什麼道理要去欣賞一個無可救藥的人。甚至有幾株紫羅蘭，認為那侏儒的醜態實在太過招搖。他如果看起來悲傷些，或至少憂心忡忡，而不是到處蹦跳，還擺出那麼古怪又愚蠢的模樣，反而會更顯品味。

至於那座古老的日晷，自認見識不凡，畢竟他當年曾為查理五世皇帝報過時。小侏儒的外表讓他震驚不已，竟然差點漏記了整整兩分鐘，還忍不住對欄杆上曬太陽的白孔雀說：「眾所皆知，國王的孩子就是國王，燒炭工的孩子就是燒炭工，假裝不是的話就太荒謬了。」孔雀完全贊同，甚至尖聲叫道：「當然，當然！」叫得池裡的金魚都探出頭來，問石雕海神發生了什麼事。

但不知為何，鳥兒們都喜歡他。他們常看到他在森林裡，像個小精靈似地跟著旋轉的落葉跳舞，或蜷曲在老橡樹的樹洞裡，與松鼠分享堅果。

他們一點都不介意他長得醜。畢竟，就連夜裡在橙樹林裡唱歌，歌聲動聽得連月亮都會俯身傾聽的夜鶯，其實長得也不怎麼好看。而且他一直都對鳥兒們很好。某年嚴冬，樹上結不出果實，土地硬得像鐵，連狼群都跑到城門口覓食，但他也從沒忘記鳥兒，總是把自己那一小塊黑麵包分一些給他們，無論早餐多麼簡陋，都願意共享。於是他們在他身邊不停飛來飛去，經過時還用翅膀輕觸他的臉頰，嘰喳地交談著。小侏儒非常開心，忍不住向他們展示那朵美麗的白玫瑰，還說這是公主親手送他的，因為她愛他。

鳥兒們一個字也聽不懂，但那不重要。他們只要把頭歪一邊，裝出一副很懂的模樣就行了。反正看起來就像真的懂了一樣，甚至還更簡單。

蜥蜴們也很喜歡他。他跑累之後，躺在草地上休息，蜥蜴們就爬到他身上打滾嬉戲，想盡辦法逗他開心。他們說：「不是人人都能跟我們蜥蜴一樣漂亮。這太強人所難了。他其實沒那麼醜，只要你閉眼不看就好。」蜥蜴們天生具有哲學家的氣質，無所事事或遇到下雨不能外出時，常常會聚在一起思考問題，一坐就是好幾個小時。

花兒們卻看不慣他們的舉動，還有鳥兒的行為。「這只證明了，這種不停亂飛亂跑的舉止有多麼俗氣，」他們說：「有教養的人會跟我們一樣安分守己，待在同個地方。從來沒有人見過我們在花徑上跳來跳去，或在草地上瘋狂追逐蜻蜓。我們要是想換換空氣，只要叫園丁來，他就會把我們移到另一塊花圃。這才叫得體，本來就該這樣。但鳥兒跟蜥蜴根本不懂安分。尤其是鳥兒，連個固定的住處都沒有，就像吉普賽人一樣，都是流浪者，理應得到同樣的對待。」說完，花兒們高高抬起花瓣，擺出一副傲氣十足的模樣。接著，小侏儒從草地上爬起來，穿過露臺走向宮殿，他們這時開心多了。

「這種人應該一輩子都被關在屋裡，」他們說：「看看那駝背，還有那彎曲的腿。」他們竊笑起來。

但小侏儒對這一切一無所知。他非常喜歡鳥兒和蜥蜴，也覺得花兒是世界上最美妙的事物。當然，公主除外。畢竟是她送了他那朵美麗的白玫瑰，而且她愛他，這讓一切變得不一樣。他多麼希望剛才也能跟她一起回宮殿！她一定會讓他坐在自己的右手邊，對他微笑，而他也永遠不會離開她的身旁。他會當她的玩伴，教她各種有趣的東西。

他從沒去過宮殿，但他知道許多奇妙的事。他會用燈心草編小籠子，讓蚱蜢在裡頭唱歌；也會用長竹節做成牧神潘最愛的笛子。他聽得出每種鳥的叫聲，能喚下樹梢上的椋鳥，或引來沼澤裡的蒼鷺。他認得每種動物的蹤跡，能從細小的腳印找到野兔，也能從被踩過的落葉看出野豬的行蹤。

他會跳所有大自然之舞。秋天的紅衣瘋狂之舞、夏天麥田上的藍履輕躍之舞、冬天的白雪之舞，以及春天果園裡的綻放之舞。他知道林鴿在哪築巢。有一次，獵人捉走了親鳥，他便親手把雛鳥養大，還在一棵被砍過的榆樹樹縫裡為牠們搭了小鴿舍。那些鴿子非常親人，每天早上都吃他手上的食物。公主一定會喜歡他們，還有那些在蕨叢間奔跑的兔子，身上有著鋼藍色羽毛與黑色尖喙的松鴉，能蜷縮成刺球的刺蝟，還有慢慢爬行、搖著頭啃嫩葉的老烏龜。她一定要來森林裡和他一起玩。

他會把自己的小床讓給她，並在窗外守到天亮，確保頭上長角的野牛不會過來傷害她，也不讓瘦長的狼靠近小屋。等天亮了，他會敲敲窗板叫醒她，然後他們會一起出門跳舞，跳上一整天。

其實森林裡一點也不寂寞。偶爾，有位主教會騎著白騾經過，一邊讀著彩繪的經書。有時，馴鷹人頭戴綠天鵝絨帽，身穿曬成褐色的鹿皮背心，手上托著戴頭罩的獵鷹經過林間。葡萄收成的時節，壓葡萄的人會來到森林。他們手腳染成紫紅色，身上纏繞閃著光澤的常春藤，肩上扛著還滴著酒的酒袋。晚上，燒炭工圍坐在大火盆邊，看著乾柴慢慢變成炭，在灰燼裡烤栗子，山裡的強盜或許會從洞穴裡出來，和他們一起作樂。還有一次，他看見一支美麗的遊行隊伍，沿著漫長而塵土瀰漫的路行進，往托雷多走去。修士們高唱聖歌走在最前頭，舉著鮮明的旗幟與金色十字架。接著，是身穿銀甲、手扛火繩槍與長矛的士兵。而在隊伍中央的是三個赤腳男子，他們穿著奇怪的黃袍，手裡拿著燃燒的蠟燭。

森林裡真的有好多值得一看的東西。要是她累了，他會找一片柔軟的青苔讓她躺下，或直接把她抱起來。因為他知道自己個子雖然不高，卻很有力氣。他會用紅色野果為她串條項鍊搭配身上的洋裝，絕不比她現在配戴的那串白色漿果遜色。等她看膩了，他再找新的。他還會為她帶來橡實製成的小杯子、沾著露水的銀蓮花，還有能當星星掛在她金髮上的小螢火蟲。

但她去哪裡了？他問白玫瑰，卻沒有回應。整座宮殿似乎都沉睡著，即使有些窗戶沒有闔上百葉窗，也都拉上了厚重的窗簾，擋住刺眼的光線。他繞著四處走，想找個可以進去的地方。終於，他發現了一扇微微敞開的小門。他悄悄溜進去，發現自己來到一座華麗的廳堂。他擔心這裡比森林還要華麗，到處都是金光耀眼的裝飾，連地板也是用彩色大石拼成的幾何圖案。但小公主並不在這裡，只有幾座精美的白色雕像，從碧玉的基座上俯視著他，眼神空洞而哀傷，嘴角露出詭異的微笑。

廳堂盡頭掛著一幅華麗的黑色天鵝絨帷幕，繡滿了太陽與星星，那是國王最愛的圖案與顏色。也許她就藏在那後面？他決定試一試。

他悄悄走了過去，拉開帷幕。不，那裡只是另一間房間，但他覺得比剛才那間還要美。牆上掛著一整片綠色刺繡壁毯，畫中細節繁複，描繪狩獵的場面，那是幾位比利時佛拉蒙藝術家耗費七年織成的成果。這裡曾是狂人尚（Jean le Fou）這位瘋狂國王的房間。他十分沉迷於追趕獵物，甚至常在發狂時，試圖跳上那些昂首奔騰的巨馬，撲倒大獵犬正在追逐的雄鹿，一邊吹響號角，一邊拔出匕首，刺向那頭奔逃的雄鹿。如今這裡改用作議事廳，中央長桌上擺著大臣們的紅色公文夾，上面壓印著西班牙的金色鬱金香徽章，還有哈布斯堡家族的紋章與標記。

小侏儒驚奇地環顧四周，有些猶豫是否要繼續往前走。那些騎著馬、無聲地奔馳在林間空地的騎士，看起來活像燒炭工們曾經說過的可怕幽魂。那是只在夜裡出沒的「闇影狩者」，他們如果遇見人類，就會將人變成鹿，再開始追獵。但他想起了美麗的小公主，所以鼓起勇氣。他想自己找到她，告訴她，他也愛她。也許她就在下一間房裡。

他跑過柔軟的摩爾地毯，推開了門。不！她也不在這裡。房間空無一人。

這是一間王座大廳，用來接見外國使節。不過，前提是國王願意親自接見，但他近來很少這麼做。多年前，英國使節就是在此安排那位歐洲天主教女王與皇帝長子的婚事。房間的牆壁鋪著鍍金的科爾多瓦皮革，天花板是黑白相間的格紋，垂掛著一盞大型鍍金吊燈，上頭有三百支蠟燭。

王座設在一座金絲華蓋之下，帳面以珍珠繡成卡斯提亞的獅子與城堡。王座覆著黑天鵝絨布，上面鑲滿了銀色鬱金香，還有銀子和珍珠製成的流蘇。王座的第二階，放著公主的跪墊，用銀紗織成。再往下，越過華蓋的範圍，則是教宗大使的座椅。在所有公開儀式上，只有他能在國王面前坐下。他那頂紅色的主教帽，繫著一串打結的猩紅流蘇，擱在前方的紫色小矮凳上。王座對面的牆上，掛著一幅查理五世穿著狩獵服的等身畫像，身旁有一隻大獒犬。另一面牆中央，則是腓力二世接受尼德蘭效忠的畫作。兩扇窗之間，有個鑲著象牙板的黑檀木櫃，上面雕刻著霍爾拜因[25]名作《死亡之舞》中的人物。有人說，那正是這位名家的真跡。

但小侏儒不在乎這一切金碧輝煌。就算用華蓋上的所有珍珠來換，他

25 小漢斯・霍爾拜因（Hans Holbein der Jüngere，1497～1543）是德國文藝復興時期的重要畫家，以精湛的肖像畫和細膩的寫實風格聞名。《死亡之舞》（*Dance of Death*）以生動的象徵手法展現死亡不分社會地位以及人生無常，是最具代表性的死亡寓言藝術之一。

也不會交出手上的玫瑰；哪怕是王座，他也不願拿任何一片花瓣來交換。他只想在她下樓去涼亭之前見她，等他跳完舞後，再邀她一起離開。這座宮殿裡，空氣悶熱沉重，而在森林裡，風自由吹拂，陽光用金色之手撥開顫動的葉片。那裡也有花，也許不比宮廷花園裡的華貴，但香氣更芬芳。初春時，風信子把涼爽的幽谷和青青草地染成一片紫色；橡樹盤根之間，開出一叢叢黃報春花；還有白屈菜、阿拉伯婆婆納，以及紫金鳶尾花。榛樹上掛滿灰色的葇荑花序，毛地黃垂下密集的花鈴，裡頭滿是蜜蜂。栗樹開著一串串好似白色星星的小花，山楂則綻放如月光般皎潔的花瓣。沒錯，只要能找到她，她一定會願意來！她會跟他一起去美麗的森林，他會整天為她跳舞。想到這，他眼中泛起笑意，走進了下一間房。

這是所有房間裡最明亮，也最美麗的一間。牆面覆著粉紅花紋的義大利盧卡緞布，上面點綴著飛鳥與銀色小花。傢俱全是厚重的銀器，裝飾著精緻的花環與懸吊的小愛神。兩座大壁爐前，各立著一面繡有鸚鵡與孔雀的大屏風。地板則是海綠色的縞瑪瑙，看上去彷彿一直延伸到遠方。

他發現有人。在房間最深的那一頭，有個小小的身影站在門口的陰影下注視著他。他的心猛然一震，發出一聲驚呼，他向陽光走去。那身影也同時走了出來，他這才看得清清楚楚。

公主！不，是個怪物，是他見過最畸形的怪物。牠的身軀不像其他人那樣端正，而是駝背、四肢扭曲，腦袋巨大鬆垮，長著亂蓬蓬的黑髮。

小侏儒皺起眉，那怪物也皺眉。他笑了，那怪物也跟著笑，跟他一樣用手抱著肚子。他行了個戲謔的禮，怪物也低頭回禮。他走近一步，怪物也走近，跟著他的腳步，停下的時候也一同停住。他激動地大笑，向前跑去，伸出手，怪物的手也碰到了他的手，冰冷如冰。他害怕了，把手移開，怪物的手也立刻移開。他試圖繼續往前，但有某種平滑而堅硬的東西擋住了他。現在他與那怪物的臉已經非常接近，神情似乎相當恐懼。他撥開額前的頭髮，怪物也照做。他揮拳打去，怪獸同樣還擊。他嫌惡地看著牠，怪物也做出可怕的鬼臉。他往後退，怪物也跟著退開。

那是什麼？他想了想，環視四周。奇怪的是，這間房裡的每一樣東西，似乎都在這道看不見的牆面中，出現了分身。沒錯，每一幅畫都有對應的畫，每一張沙發也有對應的沙發。門邊壁龕裡那尊沉睡的牧神法翁，也有一位同樣沉睡的的雙胞胎兄弟。沐浴在陽光下的銀製維納斯，則向另一個同樣美麗的維納斯伸出雙臂。

難道是回聲女神？他曾在山谷中喚她，她總會一字不差地回應。她能像模仿聲音一樣，也能模仿影像嗎？她能創造出一個和現實世界一模一樣的模仿世界嗎？難道影子也能有顏色、生命和動作嗎？難道是？

他猛然一震，從胸前取出那朵美麗的白玫瑰，轉身親吻它。那怪物竟也有一朵一模一樣的玫瑰，花瓣分毫不差！怪物也同樣親吻著花，還用可怕的動作將它按在心口。

他恍然大悟，發出一聲絕望的尖叫，撲倒在地放聲痛哭。原來，那畸形、駝背、令人作嘔的怪物，就是他自己。他才是那個怪物，孩子們笑的是他，而那個他以為愛著他的公主，也只是在嘲弄他的醜陋，譏笑他扭曲的身體。他們為什麼不把他留在森林裡？那裡沒有鏡子，不會讓他知道自己有多麼討人厭。他的父親為什麼不殺了他，反而拿他的恥辱換錢？

滾燙的淚水順著他的臉頰流下來，他把白玫瑰撕得粉碎。那個怪物也做著同樣的動作，把淺白的花瓣撒向空中。怪物匍匐在地，當他看過去時，怪物也面帶痛苦地看著他。

他爬走了，深怕再看到牠，用手捂住雙眼。他像受傷的動物般爬進陰影，蜷曲呻吟。

就在這時，公主帶著夥伴們從敞開的窗子走了進來。他們看見醜陋的小侏儒倒在地上，緊握雙拳捶著地板，動作極其誇張又怪異時，紛紛笑成一團，圍在他身邊，看得津津有味。

「他跳的舞很有趣，」公主說：「不過現在的表演更有趣。他簡直和木偶一樣棒，只是沒那麼自然。」她搖著大扇子，鼓起掌來。

但小侏儒始終沒有抬頭，他的抽泣聲越來越微弱。突然間，他發出一聲奇怪的喘息，緊緊按住胸口。接著，他又倒了下去，一動也不動。

「太精彩了，」公主停頓了一下說道：「不過你現在該跳舞給我看了。」

「沒錯，」所有的孩子都說：「你得起來跳舞，你跟巴巴里獼猴一樣聰明，但比牠們荒謬多了。」

小侏儒沒有任何回應。

公主跺了跺腳，叫她的叔叔過來。那時他正和大臣在露臺上散步，讀著墨西哥送來的公文，因為那裡剛設立了宗教裁判所。她喊道，「我那好笑的小侏儒在鬧脾氣，你得把他叫醒，叫他跳舞給我看。」

他們相視一笑，慢慢走了進來。唐．佩德羅彎下腰，用他那刺繡的手套拍了拍小侏儒的臉頰。「你得跳舞，」他說：「小怪物啊，你得起來跳舞。西班牙與印度公主殿下想被娛樂。」

但小侏儒依然一動也不動。

「應該叫鞭刑師來。」唐．佩德羅無聊地說，然後轉身回露臺。但大臣神情嚴肅，他跪在小侏儒身旁，手放在他的胸口。片刻後，他聳了聳肩，站起身，向公主深深鞠了一躬，說道：

「我美麗的公主，妳那有趣的小侏儒，再也不能跳舞了。真遺憾，他長得這麼醜，說不定還能讓國王笑一笑。」

「為什麼他不能再跳舞了？」公主笑著問。

「因為，他的心碎了。」大臣答道。

公主皺了皺眉，她那如玫瑰花瓣般的嘴唇輕輕翹起，露出一絲不屑。

「今後來陪我玩的人，不准有心。」她說完，便跑進了花園。

漁夫與他的靈魂

THE FISHERMAN AND HIS SOUL

每天傍晚，青年漁夫都會出海，把漁網撒進海裡。

如果風從陸地吹來，他就捕不到魚，或頂多只有幾條，因為那是苦寒的風，洶湧的浪也會朝他撲來。但如果風朝著岸邊吹，深海裡的魚群便會游進網中，他就將漁獲帶到市集上去賣。

每天傍晚，他都會出海。某個夜晚，漁網重得幾乎拉不上船。他笑了，心想：「我一定抓光了這海裡所有的魚，不然就是捕到某個很嚇人但遲鈍的怪物，或是某種連偉大的女王都會想要的恐怖東西。」於是他用盡全力拉粗大的主繩，直到手臂上的青筋浮起，看起來像是青銅花瓶上的藍色琺瑯線條一樣。接著，他拉起連著浮標的細繩，網邊越來越近，最後，漁網終於浮上海面。

然而，網裡既沒有魚，也沒有怪物或可怕的東西，只有一條沉睡中的小美人魚。

她的頭髮有如濕潤的金絨，每一根髮絲都像玻璃杯中纖細的金線。她的身子潔白如象牙，尾巴閃著銀光與珠光。那條銀色與珍珠色交織的魚尾，纏繞著海中的綠藻。她的耳朵像貝殼，嘴唇彷彿紅珊瑚。冰冷的浪打在她冰涼的胸膛上，細鹽在她眼瞼上閃閃發亮。

她非常美麗，青年漁夫看到她時，滿是驚奇。他伸手拉近漁網，俯身將她摟進懷中。當他碰到她時，她像受到驚嚇的海鷗般尖叫了一聲，隨即醒來，用紫水晶色的雙眼驚恐地望著他，並奮力掙扎。但他緊緊抱住她，不讓她逃離。

她發現自己無論如何也逃不出他的懷抱，便哭了起來，懇求道：「求求你放了我吧，我是國王唯一的女兒，而我的父王年老又孤單。」

但青年漁夫回答：「除非妳答應我一件事，只要我呼喚妳，妳就要來為我唱歌，否則我不放妳走。因為魚兒喜歡聽海族的歌聲，那樣我的漁網才能滿載而歸。」

「你真的會放了我嗎？只要我答應這件事？」美人魚叫道。

「真的，只要妳答應我，我就會放妳走。」青年漁夫說。

於是她依他所願，並以海族的誓言發誓。他這才鬆開雙臂，她顫抖著，帶著一種奇異的恐懼，沉入了水中。

每天傍晚，青年漁夫都會出海，呼喚美人魚，而她便從水中浮現，為他歌唱。海豚繞著她游來游去，野鷗在她頭上盤旋。

她唱著一首奇妙動人的歌。她歌唱著海族如何趕著成群的海獸，在洞窟間遷徙，還將幼獸扛在肩上；唱著臉長綠鬍、胸毛濃密的海之信使特里同族，當國王經過時，他們會吹響彎曲的海螺；唱著國王的宮殿，那裡全是琥珀建成，屋頂是清透的祖母綠，地板由明亮的珍珠鋪成；還有海底花園，那裡有整日搖曳的巨大珊瑚扇，魚兒像銀色的小鳥來回穿梭，海葵攀附在岩石上，粉紅色的小花在波浪狀的黃沙上綻放。

她還唱著從北海南下的巨鯨，鰭上掛著尖銳的冰柱；唱著海妖們講述奇異傳說，讓商人們不得不用蠟封住耳朵，以免跳入海中，從此葬身海底；唱著沉沒的戰船，高高的桅桿依舊聳立，凍僵的水手仍緊抓繩索，而鯖魚在敞開的艙口間游進游出；唱著小藤壺是偉大的旅人，附著在船底，隨著船隻環遊世界；唱著墨魚棲身於懸崖邊，伸出長長的黑臂，只要他們願意，就能召來深夜。

她還唱著鸚鵡螺擁有自己的船，由蛋白石雕成，駕著絲綢般的帆航行；唱著快樂的人魚們彈奏豎琴，能讓大海怪克拉肯陷入沉睡；唱著孩子們緊抓光滑的海豚，騎在他們的背上，歡笑不已；唱著美人魚們躺在白色浪花中，向水手伸出雙臂。還有唱著那些海獅的彎牙與海馬的鬃毛。

她歌唱時，所有的鮪魚都從深海游上來聽，青年漁夫便撒下漁網，把他們全都網住，其餘的則用魚叉捕捉。等小船裝滿了魚，美人魚就帶著微笑沉入海中。

但她從未靠近他，不讓他碰觸。許多時候，他呼喚她、懇求她，她仍始終不肯。每當他試圖抓住她，她就像海豹一樣潛入水裡，當天便不再出現。而她的歌聲，一天比一天動聽。她的聲音如此美妙，讓他忘了漁網與技巧，也漸漸不在乎捕魚了。長著紅鰭金眼的鮪魚從他眼前成群游過，他卻毫不在意。他的魚叉放在一旁，柳條編織的魚簍空空如也。他只是嘴唇微張，眼神迷離，坐在船上發呆聆聽，直到海霧將他籠罩，漂泊的月光將他黝黑的身子染上一層銀色。

某天傍晚，他呼喚她，說：「小美人魚，小美人魚，我愛妳。讓我做妳的新郎吧，因為我深深愛著妳。」

但美人魚搖了搖頭。「你有人的靈魂，」她說：「如果你願意捨棄靈魂，那我就能愛你了。」

青年漁夫心想：「我的靈魂對我有何用？我看不見，摸不著，也無從理解它。我不如將它拋開，才能獲得真正的快樂。」一陣喜悅的呼喊從他唇間湧出，他站起身來，在彩繪的小船上向她張開雙臂：「我會送走我的靈魂，」他喊道：「妳會成為我的新娘，而我會成為妳的新郎。我們將一起住在深海裡，我會親眼見到妳歌唱的那些世界，也會為妳實現妳想要的一切。我們將永不分離。」

小美人魚開心地笑了，雙手掩面。

「可是，我該怎麼送走我的靈魂呢？」青年漁夫喊道：「告訴我該怎麼做，我一定會照辦！」

「唉，我也不知道，」小美人魚說：「海族是沒有靈魂的。」她望著他，依依不捨地沉入海底。

隔日清晨，太陽才剛越過山頭，青年漁夫便來到神父的住處，敲了三下門。

修士透過小窗往外一看，見到是他，便拉開門閂，對他說：「請進。」

青年漁夫走了進去，跪在鋪著芬芳的燈心草地板上，對著正在誦讀聖書的神父喊道：「神父，我愛上了一個海族人，可我的靈魂阻礙了我的追求。請告訴我，該如何送走我身上的靈魂，因為我真的不需要。我的靈魂對我有何用處？我看不見，摸不到，也無從理解它。」

神父捶著胸口，回答：「唉呀，唉呀，你瘋了，不然就是吃到了什麼毒草。靈魂乃是人類最尊貴的部分，是神賜予我們，好讓我們用來做高尚之事。世上沒有任何東西比人的靈魂更珍貴，也沒有任何世俗之物能與之相比。它的價值超過世上所有黃金，勝過國王的紅寶石。所以，孩子啊，別再想了，這是不可被饒恕的罪。至於那些海族早已沉淪，凡與他們往來的人也將同樣迷失方向。他們如同野地的牲畜，分不清善惡，耶和華不曾為他們受死。」

聽到這番刻薄的話，青年漁夫滿眼淚水，他站起身來，對神父說：

「神父，牧神們住在森林裡，活得很快樂，海上的人魚坐在岩石上，彈著豎琴。我求求您，讓我跟他們一樣生活，他們的日子就像花朵般短暫而美好。至於我的靈魂——如果阻擋了我與我愛的人，那又有什麼益處？」

「肉體的愛是卑微的，」神父皺起眉頭：「而那一切在世上游蕩的異教之物，既卑微又邪惡。詛咒那些林間的牧神吧，也詛咒那些海上的歌者！我曾在夜裡聽見他們的聲音，他們試圖誘惑我離開誦經。他們敲窗，笑聲不止；他們在我耳邊低語，講述那危險的歡樂故事；他們用種種誘惑來引誘我，每當我想禱告，便對我做鬼臉。我告訴你，他們迷失了，而你也會被他們拖下深淵。他們沒有天堂，也沒有地獄，在任何地方都無法讚美神的聖名。」

「神父，你根本不知道自己在說什麼。」青年漁夫喊道：「有一次，我的漁網捕到了國王的女兒。她比晨星還美麗，比月亮還潔白。為了她的軀體，我願交出靈魂；為了她的愛，我甘願捨棄天堂。請告訴我該怎麼做，讓我平靜離去吧。」

「滾！滾！」神父吼道：「你那情婦已經墮落了，你也將與她一同墮落。」他沒給祝福，反而將漁夫驅離門外。

青年漁夫走進市集，腳步緩慢，低著頭，陷入憂傷之中。

商人們看見他走來，便低聲議論，其中一人迎上前，叫住他，問道：「你有什麼要賣的嗎？」

「我想把靈魂賣給你們，」他回答：「求你們買下吧，我已厭倦它了。我的靈魂對我有何用？我看不見，摸不到，也不理解它。」

但商人們嘲笑他：「人的靈魂對我們有什麼用？連一塊缺角的銀幣都不值。你可以把身體賣給我們當奴隸，我們會給你穿海紫色的衣服，還會為你戴上戒指，讓你成為偉大女王的奴僕。但別再說什麼靈魂了，那東西對我們來說一文不值，對我們的買賣也毫無幫助。」

青年漁夫心想：「真奇怪！神父說，靈魂的價值比世上所有黃金還珍貴。而這些商人們卻說，它連一枚破銀幣都不值。」他離開市集，來到海邊來回踱步，思索著該怎麼做。

到了中午，他想起有位採海蘆筍的夥伴曾告訴他，有位年輕的女巫住在海灣盡頭的山洞，精通各種巫術。於是他立刻動身奔跑，一心只想儘快擺脫靈魂。當他沿著沙岸飛奔時，身後揚起一片塵土。年輕女巫因手掌發癢，便知道有人要來了。她笑著放下自己的紅髮。紅髮披散在肩上，她站在洞口，手裡拿著一枝盛開的毒芹。

「你要什麼？你要什麼？」她喊道，眼看他喘著氣爬上陡坡，在她面前彎下腰。

「是不是想要在逆風時也能捕到魚？我有一支蘆笛，只要一吹，鯔魚就會成群游進海灣。不過這可是有代價的，小帥哥，是要付出代價的。

「你要什麼？你要什麼？是不是想要一場風暴毀損船隻，好讓滿載金銀財寶的箱子沖上岸？我能召喚的風暴比大自然的風還強，因為我侍奉的神比風更強。只需一個篩子加一桶水，我就能讓大船沉入海底。但這也是有代價的，小帥哥，是要付出代價的。

「你要什麼？你要什麼？我知道山谷裡有一種花，只有我知道它的存在。它有紫色的葉子，花心藏著一顆星星，汁液潔白如牛奶。只要你用它輕觸女王冰冷的唇，她就會追隨你到天涯海角。她會離開國王的床，跟著你走遍全世界。但這也是有代價的，小帥哥，是要付出代價的。

「你要什麼？你要什麼？我能把蟾蜍搗碎熬成湯，再用死人之手攪拌。只要趁敵人睡著時灑在他身上，他就會變成一條黑色毒蛇，最後被自己的母親殺死。我還能轉動法輪，把月亮從天上拉下來，或用水晶球讓你看見死亡。你要什麼？你要什麼？告訴我你的願望，我都能為你實現，而你，也得付出代價，小帥哥，你得付出代價。」

「我的願望沒那麼偉大，」青年漁夫說：「可神父卻為此對我發怒，把我趕出門外。這只是件小事，但商人都嘲笑我，還拒絕了我。所以我才來找你，哪怕大家都說你邪惡。不管你要什麼代價，我都願意接受。」

女巫走近他問道：「你要什麼？」

「我想要把靈魂從我身上送走。」青年漁夫答道。

女巫臉色變得蒼白，顫抖著，把臉藏進藍色的披風裡。「小帥哥，小帥哥，」她低聲說：「這是件可怕的事啊。」

他甩了甩棕色的捲髮，笑著說：「我的靈魂對我來說不算什麼。我看不見，摸不到，也無從理解它。」

「我告訴你的話，你要給我什麼？」女巫低下頭，用那雙美麗的眼睛看著他問道。

「五枚金幣，加上我的漁網、我住的柳枝小屋，還有彩繪的小船。只要你告訴我如何擺脫靈魂，我就把我所有的一切都給你。」

她冷笑一聲，那枝毒芹輕輕打了他一下。「只要我願意，我能把秋天的落葉變成黃金，」她說：「也能將潔白的月光編成白銀。我所侍奉的主人，比這世上所有的國王都富有，還擁有他們全部的領地。」

「如果妳的代價既不是黃金，也不是白銀，」他喊道：「那我該拿什麼來交換？」

女巫伸出她瘦削蒼白的手，撫摸他的頭髮。「你得跟我跳一支舞，小帥哥。」她低聲說，臉上帶著微笑。

「就這樣？」青年漁夫驚訝地問，站起身來。

「就這樣。」她回答，又對他微微一笑。

「那麼，等太陽下山，我們就在某個隱祕的地方跳舞，」他說：「跳完舞後，你就要告訴我我想知道的事。」

她搖了搖頭。「要等到月圓之夜，月圓之夜。」她低聲喃喃。接著她環顧四周，靜靜聆聽。一隻藍鳥尖叫飛出巢中，在沙丘上空盤旋，還有三隻長著斑點的小鳥穿過粗糙的灰色草叢，對著彼此鳴叫。除此之外，只剩下海浪拍打著下方鵝卵石的聲音。她伸出手將他拉近，把乾裂的唇湊到他耳邊。

「今晚你必須到山頂去，」她低聲說：「今晚是安息夜，他會在那裡。」

青年漁夫嚇了一跳，抬頭看著她。她咧嘴一笑，露出潔白的牙齒。

「你說的『他』是誰？」他問。

「不重要，」她回答：「今晚，你只需站在角樹下等我過去。如果有黑狗衝向你，就用柳條打牠一下，牠就會走開。如果有貓頭鷹跟你說話，別回應。我會在月圓的時候來到你身邊，然後我們會一起在草地上跳舞。」

「不過你能對我發誓，一定會告訴我如何送走靈魂嗎？」他問。

她走到陽光下，微風拂過紅髮。「我以山羊的蹄發誓。」她答道。

「妳是最好的女巫，」青年漁夫說：「今晚我一定會在山頂與你共舞。我真希望妳要的是金子或銀子。但既然妳要的只是這麼一點小事，我也會照辦。」他脫帽向她致意，低頭鞠躬，然後滿懷喜悅地跑回鎮上。

女巫目送他離去，直到身影消失無蹤，才轉身回山洞。她從雕花雪松木盒裡取出一面鏡子，立在鏡架上，將馬鞭草放入炭火焚燒，隔著縷縷煙霧凝視著鏡子。過了一會兒，她憤怒地握緊雙拳。「他應該是我的，」她低聲咕噥道：「我跟她一樣美。」

那天夜晚，月亮升起時，青年漁夫攀上山頂，站在角樹下。乍看之下，腳下那海面彷彿一面打磨過的圓盾，閃著金屬光澤，漁船的影子則在小海灣裡隱隱移動。一隻硫黃色大眼的大貓頭鷹叫著他的名字，但他沒有回應。一隻黑狗向他撲來，齜牙低吼。他用柳條抽打，牠便哀鳴著跑開了。

午夜時分，女巫們像蝙蝠般從空中飛來。「咻！」她們一邊落地一邊叫道：「這裡竟然有陌生人！」她們四下嗅聞，彼此交談，打著手勢。最後現身的是那名年輕女巫。她紅髮飄逸，迎風而至。身上穿著一件繡有孔雀眼紋的金色薄紗洋裝，頭上戴著一頂綠色天鵝絨小帽。

「他在哪？他在哪？」女巫們看見她時尖叫起來，但她只是微笑，然後跑向角樹，一把拉住漁夫的手，把他帶進月光下開始跳舞。

他們旋轉著跳舞，年輕的女巫跳得很高，甚至能看見她鮮紅的鞋跟。就在這些舞者們間，傳來一陣馬蹄聲，卻看不見馬的蹤影，他感到一陣恐懼。

「再快點！」女巫喊著，伸出雙臂緊摟他的脖子，炙熱的氣息撲向他的臉。「再快點，再快點！」她喊著，腳下的大地彷彿隨之旋轉。他的腦袋逐漸昏沉，一股強烈的恐懼湧上心頭，好似有什麼邪惡之物在暗處窺視。終於，他察覺到，在一塊岩石的陰影下，出現了一個原本不存在的身影。

那是一位身穿西班牙式黑天鵝絨套裝的男子。他臉色非常蒼白，雙唇卻紅得像嬌貴的紅花。他看起來很疲倦，身體懶洋洋地向後靠，無精打采地把玩匕首的劍柄。他身旁的草地上，放著一頂插有羽飾的禮帽，還有一雙鑲著金色蕾絲、綴有珍珠圖紋的騎馬手套。他的短斗篷內裡襯著黑貂皮，斜披在肩。他那雙細緻潔白的手上戴滿了寶石戒指。沉重的眼皮蓋住了他一半的眼睛。

青年漁夫像被施了魔法一樣，緊緊盯著那人看。終於，他們四目相交，而無論他怎麼舞動，都覺得那人的目光緊緊跟隨。他聽見女巫的笑聲，便摟住她的腰，瘋狂地旋轉又旋轉。

突然，森林裡傳來一聲狗吠，舞者們立刻停下腳步，兩兩一對走上前去，跪下來親吻那男人的手。就在這時，那男子驕傲的嘴唇泛起一抹微笑，彷彿鳥兒的翅膀掠過水面，激起一陣漣漪。但那笑中藏著蔑視。他始終盯著青年漁夫看。

「來吧，我們去膜拜他。」女巫低聲說，領著他上前。他心中突然升起一股強烈的衝動，想要照她說的去做，便跟了上去。但當他靠近那男子時，不知為何，他在胸口畫了個十字，並呼喚了聖名。

他才這麼做完，女巫們便像老鷹一樣尖叫著飛散了，原本凝視他的那張蒼白臉孔，也因為劇痛而開始抽搐。那人走向小樹林，吹了聲口哨，一匹身披銀飾的小馬奔跑過來。他翻身上馬，轉頭望向青年漁夫，神情哀傷。

那紅髮女巫也想飛走，卻被漁夫一把抓住手腕，牢牢制住。

「放了我，讓我走，」她喊道：「因為你呼喚了不該被呼喚的名字，還畫了不該被看到的記號。」

「不，」他說：「除非妳告訴我那個祕密，否則我不會放妳走。」

「什麼祕密？」女巫咬著滿是泡沫的嘴唇，像野貓般激烈掙扎。

「妳知道的。」他回應。

她那雙草綠色的眼睛泛起淚光，低聲說：「問我什麼都可以，但別問這件事！」

他笑了，只是把她抓得更緊。

她發現無法脫身，便輕聲說：「我難道不比那海中的女子更美？不比那些藍色海水裡的人一樣漂亮？」她依偎上前，把臉湊近他。

他皺起眉把她推開，對她說：「如果妳不遵守對我的承諾，我就要殺了妳，妳這個騙人的女巫。」

她的臉色如猶大樹花般灰白，渾身顫抖。「那就隨你吧。」她喃喃說：「那是你的靈魂，不是我的。你想怎樣就怎樣。」她從腰間取出一把小刀，刀柄裹著綠色毒蛇的皮，遞給了他。

「我要拿這把刀做什麼？」他疑惑地問。

她沉默了一會兒，臉上浮現出恐懼。隨後她把頭髮從前額順到腦後，露出詭異的微笑，對他說：「人們所說的影子，其實不是身體的影子，而是靈魂的軀體。你只需站在海邊，背對著月亮，用這把刀割開自己腳邊的影子，那正是你靈魂的軀體。然後命令你的靈魂離開，它就會照做。」

青年漁夫顫抖著，低聲問：「真的嗎？」

「是真的，我真希望沒告訴你這件事。」她哭道，抱住他的膝蓋啜泣。

他推開她，將她留在那片雜草叢，然後走向山崖邊，將小刀插進腰帶，開始往下攀爬。

這時，他體內的靈魂呼喚他：「看哪！這些年來，我一直與你同在，為你效命。現在請別把我驅逐，我難道對你做過什麼壞事嗎？」

青年漁夫笑了。「你沒對我做過壞事，但我不再需要你，」他回答：「世界這麼廣闊，有天堂與地獄，還有那介於兩者間朦朧的暮色之地。你想去哪兒就去哪兒，但別再來煩我，因為我愛的人正在呼喚我。」

靈魂苦苦哀求，但他絲毫不為所動，只是像野山羊般靈巧地在岩石間跳躍，終於抵達平坦的地面與那片金黃的海岸。

他站在沙灘上，銅色的肢體結實有力，宛如希臘匠人鑄造的雕像。他背對著月亮，泡沫裡探出一雙潔白的手臂，向他揮舞，浪花間浮現出朦朧的身影，向他致敬。他的影子躺在他身前，那是他靈魂的軀體，而他身後則是高掛在蜜色夜空中的明月。

靈魂又說：「如果你真的要把我驅逐，請別讓我空著一顆心離開。這個世界很殘酷，請把你的心留給我，讓我帶走。」

他搖頭，笑著說：「把心給你的話，我還拿什麼去愛我的愛人呢？」

「發發慈悲吧，」靈魂說：「請把心給我，這個世界太殘酷了，我很害怕。」

「我的心屬於我所愛的人，」他回答：「所以別再逗留了，快走吧。」

「我難道就不能去愛嗎？」靈魂問。

「走吧，我不需要你了。」青年漁夫喊道。他取出那把綠毒蛇皮柄的小刀，從腳邊割下影子。那影子隨即起身，站在他眼前，長得跟他一模一樣。

他退後幾步，把小刀插回腰間，一股敬畏的感覺湧上心頭。「你走吧，」他低聲說：「別再讓我見到你的臉。」

「不，我們一定還會再見。」靈魂說。它的聲音低柔如笛，說話時嘴唇幾乎沒有動。

「我們怎麼會再見？」青年漁夫喊道：「難道你要跟著我潛入海底嗎？」

「每年，我都會回到這裡，呼喚你，」靈魂說：「也許有一天，你會需要我。」

「我怎麼會需要你？」青年漁夫說：「隨你便吧。」他說完就跳入海中，特里同族吹起號角，小美人魚浮上海面迎向他，摟住他的脖子，親吻他的雙唇。

靈魂站在孤寂的海灘上看著他們。當他們沉入大海後，靈魂便哭著穿越沼澤，悄然離去。

一年過後，靈魂來到海岸，呼喚青年漁夫。他從深海中浮現，問道：「你為什麼呼喚我？」

靈魂回答：「靠近一點，讓我跟你說話，因為我見到了許多奇妙的事。」

於是他靠近，在淺水中半伏著身子，用手托著頭，靜靜傾聽。

靈魂對他說：「我離開你之後，轉身朝東方走去。因為萬物的智慧皆來自東方。我走了六天，到了第七天清晨，來到韃靼人國境內的一座山丘。我坐在一棵檉柳樹蔭下，躲避烈日。那片土地乾涸焦熱，地上的人來來往往，就像蒼蠅在一面光滑的銅盤上爬行般。

「到了中午，地平線上升起一團紅塵。韃靼人一看見，便拉開彩繪的弓，跳上小馬，疾馳飛奔過去。婦女們尖叫著逃向馬車，躲在氈簾的背後。

「黃昏時，韃靼人回來了，但少了五人，還有好幾人帶著傷。他們急忙將馬匹繫上馬車，迅速駛離。有三隻豺從洞裡探出頭來，朝他們的背影望去，接著抬頭嗅了嗅，轉身往另一個方向跑去。

「月亮升起時，我看見平原上一堆營火在燃燒，便朝它走去。有群商人正圍繞火堆，坐在地毯上。他們的駱駝拴在身後，黑人奴僕在沙地上搭起鞣製的皮帳，並用仙人掌堆起一道高牆。

「我走近時，商隊的首領站起身，拔出刀來，問我來做什麼。

「我回答說，我在自己的國度是一位王子，剛逃離了韃靼人之手，因為他們企圖把我變成奴隸。首領微笑著，指給我看五顆被插在長竹竿上的人頭。

「他又問我誰是神的先知，我回答是穆罕默德。

「他一聽到這假先知的名字，就躬身行禮，拉起我的手，讓我坐在他身旁。有個黑奴端來一碗盛著馬奶的木碗和一塊烤羊肉。

「天一亮，我們便啟程。我騎著一匹紅毛駱駝，與首領並肩而行，有個人手持長矛跑在我們前方。兩旁是護衛，騾子拖著貨物緊隨在後。整個商隊共有四十頭駱駝，騾子的數量是駱駝的兩倍。

「我們從韃靼之地走進詛咒月亮者之國。途中見到獅鷲蹲伏在白色岩石上，守著牠們的黃金；也看見長著鱗片的巨龍蜷伏在洞穴中，沉沉入睡。我們翻越山脈時屏住呼吸，生怕雪崩；每個人都在眼前繫上一層薄紗遮擋風雪。穿過山谷時，小矮人躲在樹洞中，朝我們射箭；夜裡，我們聽見野人敲打戰鼓的聲音。抵達猿猴之塔時，我們奉上水果，牠們便放我們生路。來到蛇之塔時，我們以銅碗盛上溫牛奶，牠們也讓我們通行。

「旅途中，我們三次抵達阿姆河岸，我們搭著木筏，靠著充氣的獸皮浮囊渡河。河馬怒吼襲擊，想吃了我們，駱駝們見狀，嚇得渾身發抖。

「各個城市的國王都向我們徵稅，卻不准我們入城。他們從城牆拋下食物給我們，像是用蜂蜜烘烤的小玉米餅，還有用細麵粉製作的椰棗糕餅。他們每交出一百籃食物，我們就給他們一顆琥珀珠。

「村落裡的人一見我們來，就在井裡下毒，逃上山頂。我們與馬加達人作戰，他們一出生便是老人，隨著年歲增長反而越來越年輕，直到變成小孩時死去。我們也與拉克特羅人作戰，他們自稱虎之子，將身體塗成黃黑相間的顏色；還有奧蘭蒂斯人，他們把死者葬在樹頂，自己則躲進地底的洞穴中，唯恐他們的神——太陽將他們殺死。我們也與克里姆尼亞人交戰，他們崇拜鱷魚，替牠戴上綠玻璃做的耳環，並餵牠奶油與新鮮的家禽；還有阿加宗貝人，他們是犬面之族；以及西班斯人，他們有馬蹄，跑得比馬還快。

「我們的隊伍中，三分之一的人死於戰爭，三分之一死於飢渴。剩下的人都怨我帶來厄運。我從石頭下抓出一條角蝰，讓牠咬我。他們發現我沒中毒，便對我心生畏懼。

「第四個月，我們抵達伊列爾城。我們到城牆外的林地時，已經是晚上了，空氣悶熱，因為此時月亮正行經天蠍座。我們從樹上摘下熟透的石榴，剖開，喝它甘甜的汁液，然後躺在地毯上，靜候天明。

「黎明時，我們起身敲城門。那門是紅銅鑄成，上頭雕著海龍與有翼的龍。守衛從城垛往下看，詢問我們來意。商隊的翻譯說，我們來自敘利亞的島嶼，帶著許多貨物。他們收了一些，說要等到中午才會開門，讓我們在原地等候。

「到了中午，他們打開大門。我們一入城，居民們紛紛從屋內湧出，圍觀我們的隊伍，還有一名報信人吹著海螺，在城中四處傳播消息。我們站在市集中央，黑奴解開一包包圖案華麗的布料，打開雕刻精美的梧桐木箱。等他們安排妥當，商人們便陳列各式珍品：來自埃及的上蠟亞麻布、衣索比亞的彩繪亞麻布、推羅的紫色海綿、西頓的藍色帳幔、剔透的琥珀杯、精美的玻璃器皿，以及造型奇巧的窯燒陶器。有一群女子在屋頂上觀望我們，其中一人戴著鍍金皮革面具。

「第一天，祭司前來與我們交易；第二天，是貴族；第三天，則是工匠與奴隸。這是他們對所有商人的慣例，凡商人停留在城裡，皆依此順序交易。

「我們在城中停留一整個月。當月亮開始虧蝕時，我覺得相當厭倦，便獨自漫遊街巷，來到城中之神的花園。祭司們身穿黃色長袍，在綠樹間靜靜行走。黑色大理石鋪成的地面上，矗立著一座玫瑰紅色的神殿，門上塗著漆粉，表面以浮雕與拋光金飾刻出公牛與孔雀的圖案。屋頂覆著海綠色的瓷瓦，飛簷高挑，垂掛著一串串小鈴鐺。白鴿飛過時，翅膀輕觸鈴鐺，叮噹作響。

「神殿前方，有一口清澈的水池，池底鋪著紋理交錯的瑪瑙。我躺在池邊，用蒼白的手指輕觸寬大的葉片。一名祭司走近，站在我身後。他腳上穿著兩隻不同的涼鞋，一隻是柔軟的蛇皮所製，一隻是鳥羽編織而成。他頭戴黑氈帽，上面飾有銀色的弦月。他的外袍織有七種黃線，捲曲的頭髮染上深黑的銻粉。

「過了一會兒，他開口問我有什麼願望。

「我告訴他，我的願望是見神一面。

「祭司說：『神正在狩獵。』用他那雙細斜的眼看著我。

「我說：『告訴我是哪座森林，我願與祂同行。』

「他用尖長的指甲梳理外袍上柔軟的流蘇，低聲說：『神正在沉睡。』

「『告訴我是哪張床，我願與祂同眠。』我答道。

「『神正在赴宴。』他大聲說。

「『如果那酒是甘甜的，我願與祂同飲；如果是苦澀的，我也願與祂同飲。』我答。

「他驚奇地低下頭，拉起我的手將我扶起，領我走進神殿。

「在第一座殿堂裡，我看見一尊神像，端坐在碧玉寶座上，寶座邊緣鑲著巨大的東方珍珠。神像以烏木雕成，與真人等高。額頭上鑲著一顆紅寶石，濃稠的油脂從髮間滴落，流到大腿。祂的腳沾滿剛被宰殺的羔羊的鮮血，腰間繫著一條嵌有七顆綠柱石的銅製腰帶。

「我問祭司：『這就是神嗎？』他答：『這就是神。』

「我喊道：『讓我見到神，否則我會殺了你。』然後我觸碰他的手，他的手立刻乾枯了。

「祭司哀求道：『願我主，醫治我這僕人，我便帶你見神。』

「於是我朝著他的手吹了口氣，那手便痊癒如常。他戰慄不已，帶我進入第二座殿堂。

「我看見另一尊神像，立在翡翠雕成的蓮花上，蓮花上懸掛著巨大的祖母綠寶石。神像以象牙雕成，身高是常人的兩倍。祂額上鑲著一顆橄欖石，胸前塗有桂皮與沒藥。一手握著翡翠曲杖，一手握著圓形水晶。腳穿銅靴，粗壯的脖子上繞著一圈月長石項鍊。

「我問祭司：『這就是神嗎？』他答：『這就是神。』

「我喊道：『讓我見到神，否則我會殺了你。』我觸碰他的雙眼，他的雙眼立刻失明了。

「祭司哀求道：『願我主，醫治我這僕人，我便帶你見神。』

「於是我朝他的雙眼吹了口氣，他的視力便恢復如初。他再次顫抖，帶我進入第三座殿堂。

「啊，那殿中竟無神像，也無任何有形之物，只有一面圓形的金屬鏡子，安放在石壇之上。

「我問祭司：『那神在哪裡？』

「他回答我：『沒有神，只有你眼前所看到的這面鏡子，這是智慧之鏡。祂能映照天上與人間萬物，唯獨照不出注視祂的人的臉。正因如此，凡凝視祂者，便能得智慧。世上還有許多鏡子，但那些只是意見之鏡，唯有這面是智慧之鏡。凡擁有此鏡之人，知曉世間萬事，無所遁形。而無此鏡之人，皆不得智慧。因此，我們尊它為神，並敬拜它。』我望進鏡中，果然如他所說。

「我做了一件奇特的事，但已無關緊要。因為我將智慧之鏡藏了起來，就藏在離此地不過一天路程的山谷裡。求你讓我回到你體內，做你的僕人，你就會比世上所有智者更睿智，智慧將屬於你。讓我回到你身上，世上將無人可與你相比。」

青年漁夫大笑起來。「愛勝過智慧，」他喊道：「而那小美人魚愛我。」

「不，沒有什麼能勝過智慧。」靈魂說。

「愛勝過一切。」青年漁夫回答，隨即躍入深海，而靈魂再次哭著越過沼澤離去。

第二年結束後，靈魂再次來到海岸，呼喚青年漁夫。他從深海中浮現，說道：「你為什麼呼喚我？」

靈魂回答：「靠近一點，讓我跟你說話，因為我見到了許多奇妙的事。」

於是他靠近，在淺水中半伏著身子，用手托著頭，靜靜傾聽。

靈魂對他說：「我離開你之後，轉身朝南方而行。因為凡珍寶之物皆出自南方。我走了六天，沿著通往亞斯特城的大路，那是一條染著紅塵的朝聖之路，朝聖者們常年在此往來，而我也踏著他們的足跡前進。到了第七天清晨，我抬頭望去，看哪！只見那城市在我腳下，因為它位在山谷中。

「那城市共有九座城門，每座門前都立著一匹銅馬，當貝都因人自山中下來時，牠們便會嘶鳴。城牆包覆著銅，牆上的瞭望塔則披著黃銅為頂。每座塔樓中都站著一名弓箭手，手握長弓。日出時，他們射箭擊鑼；日落時，則吹響號角。

「我想入城，但守衛攔住我，問我是誰。我說自己是個苦行僧，正要前往麥加朝聖，那裡有一面綠色的幔帳，上面繡著天使所寫的銀字《可蘭經》。他們大感驚奇，便讓我通行。

「城內就像一座市集，你真該跟我一起去。狹窄的街道上，紙燈籠如彩蝶飛舞。風吹過屋頂時，燈籠看起來就像色彩斑斕的泡泡般起伏搖曳。商販們坐在鋪著絲毯的攤位前，他們留著筆直的黑鬍鬚，頭巾上鑲滿金色亮片，一串串琥珀與雕工精細的桃核珠，在他們指間靜靜滑動。有人販賣白松香與甘松，還有來自印度洋群島的奇異香料，濃稠的紅玫瑰精油、沒藥，以及如小釘般的丁香。一旦有人停下與他們交談，他們會往炭爐上撒些乳香，使空氣瀰漫迷人的香氣。我見一名敘利亞人，手中握著細如蘆葦的香棒，灰色煙絲緩緩升起，燃燒時的香味清雅，宛若春日中盛開的粉紅杏花。還有人販售銀手鐲，手鐲上鑲滿乳藍色的綠松石；黃銅線編織的腳環，上頭點綴著細小珍珠；包金的虎爪、金豹爪，穿孔祖母綠耳環與鏤空翡翠戒指。茶館傳來吉他聲，吸食鴉片者面帶蒼白的笑容，看著街上來來往往的人群。

「你真該跟我一起去。賣酒人肩扛著黑色的大酒囊，在人群中穿行，他們大多賣的是設拉子的葡萄酒，如蜂蜜般甘甜，斟入小巧金屬杯中，杯面灑滿玫瑰花瓣。市集中央是果販，賣各式水果：熟透的無花果，紫紅果肉帶著瘀痕；麝香味濃、色如黃玉的哈密瓜；香櫞、蒲桃與一串串白葡萄；還有渾圓的紅金色柳橙，以及形如橄欖，青中帶金的檸檬。

「有一次，我看到一頭大象走過。牠的長鼻塗著朱砂與薑黃，耳朵上覆著深紅絲繩編成的網紋。牠停在某一攤前，大嚼攤位上的柳橙，攤主只是笑了笑。你難以想像他們是怎樣奇特的一群人。他們開心的時候，就跟賣鳥的人買一隻籠中鳥，然後放生，讓自己更開心；他們悲傷的時候，就用荊棘鞭笞自己，唯恐哀愁漸淡。

「有天晚上，我在市集中遇見幾個黑人，他們抬著沉重的轎子。轎子是鍍金的竹子製成，轎桿塗著朱漆，上頭鑲著黃銅製的孔雀。窗前垂著薄紗帷簾，繡有甲蟲翅膀與細小的珍珠。當轎子經過時，有個面色蒼白的切爾克斯女子從窗內往外看，對我微笑。我跟在轎子後面，黑人加快腳步，皺著眉頭。但我不在意，只覺得有股強烈的好奇心湧上心頭。

「最後，他們停在一棟白色的方形屋子前。那屋子沒窗，只有一道小門，像墓穴般低矮。他們放下轎子，用銅槌敲了三下門。一位身穿綠色皮革長袍的亞美尼亞人從門框裡探頭，見是他們便開門，並在地上鋪了一塊毯子。那女子走出轎子，走進屋內時，又回頭朝我微笑。她是我見過最蒼白的人。

「月亮升起後，我又回到那裡尋找那棟屋子，卻發現它早已消失。就在那一刻，我便知道她是誰，也明白她為何對我微笑了。

「你真該跟我一起去。新月節那日，年輕的皇帝從宮殿出來，走進清真寺禱告。他的鬍鬚與頭髮染著玫瑰葉的色澤，雙頰撲上細緻的金粉，手掌與腳掌染成番紅花般的黃色。

「日出時，他穿著銀袍走出宮殿；日落時，他換上金袍歸來。百姓俯伏在地，掩面不敢直視，而我沒這樣做。我站在賣棗子的攤位旁等著。皇帝看見我，挑起畫眉，停下腳步。我站得筆直，並未向他行禮。眾人對我膽大的行為感到驚訝，勸我儘快逃出城。我不理會他們，反而跑去與那些賣異教神像的人同坐。那些人因為行業被人嫌棄。我告訴他們我做的事，他們各自送我一尊神像，求我趕快離開。

「當晚，我躺在石榴街一家茶館的軟墊上，皇帝的侍衛走了進來，把我帶往皇宮。每當進入一道門，他們就把我身後的門都關上，還用鐵鏈鎖住。宮內有座寬廣的庭院，四周圍著拱廊。牆面由潔白的雪花石膏砌成，鋪著藍綠相間的磁磚。柱子是綠色大理石，地面則是桃花色的石材。我從未見過如此景象。

「穿越庭院時，兩名蒙面女子從陽臺望下來，對我出言詛咒。侍衛們加快腳步，長矛末端在光滑的地板上鏗鏘作響。他們打開一道雕工精美的象牙門，我便來到一座七層階梯的花園中。園中種滿了鬱金香、月光花與閃著銀光的蘆薈。空中懸著一道水晶般的細泉，在暮色中細細垂落。柏樹像是燒盡的火把，其中一棵樹上，有夜鶯在歌唱。

「花園的盡頭有一座小亭。我們走近時，兩名太監出來迎接。他們身體肥胖，走得搖搖晃晃，並用那覆著黃色眼瞼的雙眼，好奇地打量我。其中一人低聲對護衛隊長說了幾句，另一人則不停咀嚼著香味濃厚的含錠，還做作地從一只淡紫色琺瑯的橢圓盒中取出來。

「過了一會兒，衛隊長叫士兵退下。他們走回宮裡，兩名太監慢慢跟在後頭，一邊走一邊順手摘下樹上甘甜的桑葚。年長的那位太監回頭看了我一眼，露出陰冷的笑容。

「然後，護衛隊長示意我走去亭子的入口，我步伐堅定地上前，掀開厚重的帷幕，走了進去。

「年輕的皇帝倚在一張染色獅皮鋪成的長榻上，手腕上棲著一隻獵鷹。他身後站著一個頭纏銅色頭巾的努比亞人，上身赤裸，耳上掛著沉重的耳環。長榻旁的桌上，放著一把巨大的鋼製彎刀。

「皇帝見到我時，皺起眉頭說：『你叫什麼名字？難道你不知道我是這座城的皇帝？』我沒有回答。

「他指向那把彎刀。努比亞人便一把抓起，猛力向我砍來。刀刃呼嘯而過，我卻毫髮無傷。那人摔倒在地，他起身時嚇得牙齒打顫，慌忙躲到長榻後面。

「皇帝跳起身，從武器架上拿起長矛，朝我擲來。我在空中接住，將矛柄折成兩截。他又射來一箭，我舉起雙手，那箭就停在半空。隨後，他從白皮腰帶中拔出短匕首，刺入努比亞人的喉嚨，以免那奴僕洩露他的恥辱。那人像被踐踏的蛇般扭動著，嘴裡冒出紅色泡沫。

「他死後，皇帝馬上轉向我，用飾有金線的紫絹手帕拭去額頭上的汗珠，對我說：『你是先知，還是先知之子，讓我無法動你一根寒毛？我請求你今晚就離開這座城市，因為只要你在，我便不再作主。』

「我答他：『只要你給我一半的財寶，我便離開。』

「他拉著我的手，把我領出花園。護衛隊長見我，不禁驚愕。太監們見我，嚇得雙膝發軟，匍匐在地。

「宮殿裡有間密室，由八面紅斑石砌成，天花板覆有銅色鱗片，上方垂懸著無數燈盞。皇帝輕觸其中一面牆，那牆便打開了。我們走進一道火把照亮的走廊，兩側的壁龕立著一甕甕巨大的酒壺，銀幣堆積至瓶口。

「當我們到達走廊中央，皇帝唸出禁語，隱蔽的機關開始轉動，一道花崗石門緩緩打開。他雙手遮眼，生怕那光耀太刺眼。

「那個地方，你根本難以想像。巨大的玳瑁殼裡盛滿珍珠，鏤空的月光石上面堆疊著紅寶石。黃金裝在象皮做的大箱子裡，金砂裝在皮囊中。蛋白石與藍寶石分別置於水晶杯與翡翠杯。圓潤的祖母綠整齊排列在象牙雕成的薄盤上。房間的一角放著絹袋，有些袋子裝了綠松石，有些是綠柱石。象牙號角內堆滿紫水晶，黃銅獸角則裝滿玉髓與紅玉髓。雪松柱上垂掛一串串黃色的猞猁石。橢圓盾牌上鑲嵌著紅寶石，有的呈酒紅色，有的則如青草般青翠。但我上面講的這些，不過才是其中的十分之一。

「皇帝放下遮在臉前的雙手，對我說：『這就是我的寶庫，我所承諾的那一半，如今歸你所有。我還會給你駱駝以及趕駱駝的人，他們將聽從你的吩咐，把你的財寶帶去任何你想去的地方。這件事今晚就要完成，因為我不想讓太陽，也就是我父親，看到我的城中竟有一個我無法誅殺之人。』

「但我回答他：『這裡的黃金屬於你，銀子也是你的，寶石與珍品也都歸你。至於我，我不需要這些，我只要你手上那只小小的戒指。』

「皇帝皺起眉頭。『這只是一枚鉛戒，』他叫道：『毫無價值。你還是取走你那一半財寶，離開我的城吧。』

「我說：『不，我什麼都不要，我只要這枚鉛戒。因為我知道戒上刻了什麼，也知道它的用途。』

「皇帝渾身顫抖，哀求我說：『拜託你帶走所有的財寶，連我這一半也歸你，只求你離開。』

「我做了一件奇特的事，但已無關緊要。因為我將財富之戒藏了起來，就藏在離此地不過一天路程的洞穴裡。它正等你前去。有此戒者，將富過世上一切君王。來吧，把它拿走，世間所有的財富都歸你所有。」

但青年漁夫大笑起來。「愛勝過財富，」他喊道：「而那小美人魚愛我。」

「不，沒有什麼能勝過財富。」靈魂說。

「愛才是最珍貴的。」青年漁夫回答，隨即躍入深海，而靈魂再次哭著越過沼澤離去。

第三年過後，靈魂再次來到海岸，呼喚青年漁夫。他從深海中浮現，說道：「你為什麼呼喚我？」

靈魂回答：「靠近一點，讓我跟你說話，因為我見到了許多奇妙的事。」

於是他靠近，在淺水中半伏著身子，用手托著頭，靜靜傾聽。

靈魂對他說：「在我所知的一座城市裡，有家客棧開在河畔。我與水手們坐在那裡，他們喝著兩種不同顏色的酒，吃著大麥烤餅，還有用月桂葉包裹的鹽漬魚，旁邊佐著酸醋。正當我們歡飲作樂之時，有位老者走進來，帶著一張皮毯與一把嵌有兩隻琥珀角的魯特琴。他把毯子鋪在地上，用羽筆撥動琴弦，這時有位少女跑進來，在我們面前跳舞。她臉上罩著薄紗，但雙足赤裸。那雙赤裸的小腳，如白鴿般在地毯上翩翩移步。我從未見過如此奇妙的景象。她跳舞的那座城，離這裡不過一日路程。」

青年漁夫聽見靈魂的話，想起小美人魚沒有雙腳，不能跳舞。心中湧上一股強烈渴望，他心想：「只有一天路程，我很快就能回到我愛的人身邊。」他笑了起來，從淺水中站起身，邁步朝岸邊走去。

他登上乾燥的海岸，再次笑了起來，張開雙臂迎向他的靈魂。靈魂發出歡呼，奔向他，進入他體內。青年漁夫望見眼前的沙地上，延展出一道影子，那正是靈魂的軀體。

靈魂對他說：「我們別再耽擱，馬上就走吧。海神善妒，身邊也有聽它命令的怪物。」

於是他們加快腳步，整個夜晚在月下趕路，整個白天又在陽光下奔波，到了傍晚，他們來到一座城市。

青年漁夫問他的靈魂：「這就是你說，那個她跳舞的城市嗎？」

靈魂回答他：「不是這個，那是另一座城市。但我們還是可以進去看看。」於是他們走進城裡，穿過街道。當他們經過一條賣珠寶的街時，青年漁夫看見攤位上一只漂亮的銀杯。靈魂對他說：「把那銀杯拿走，藏起來。」

他拿起銀杯，藏進外袍的兜裡，他們匆匆出城去了。

離城走了一里路，青年漁夫突然皺起眉頭，把那銀杯扔到一邊，對靈魂說：「你為什麼叫我拿走那銀杯，然後藏起來？這是壞事。」

但靈魂回答他：「安靜吧，安靜些。」

第二天傍晚，他們又來到一座城市。青年漁夫問他的靈魂：「這就是你說，那個她跳舞的城市嗎？」

靈魂回答他：「不是這個，那是另一座城市。但我們還是可以進去看看。」他們再次走進城裡，穿過街道。當他們經過一條賣涼鞋的街時，青年漁夫看見有個小孩站在一罐水旁。靈魂對他說：「打那孩子一頓。」於是他打了那孩子，直到孩子哭泣為止。打完之後，他們匆匆出城去了。

離城走了一里路，青年漁夫大怒，對他的靈魂說：「你為什麼要我打那小孩？這是壞事。」

靈魂回答他：「安靜吧，安靜些。」

第三天傍晚，他們又來到一座城市。青年漁夫問他的靈魂：「這就是你說，那個她跳舞的城市嗎？」

靈魂回答：「也許是這裡吧，我們進去看看。」

於是他們走進城裡，穿過街道，但青年漁夫找不到那條河，也找不到河邊的客棧。城裡的人好奇地看著他，他有些害怕，便對靈魂說：「我們離開吧，那位踏著潔白雙足起舞的女子，不在這裡。」

但靈魂說：「先留下來吧。夜色已深，路上會有盜賊。」

於是他坐在市集裡歇息。過了一會兒，有個戴帽兜的商人走過來，身披韃靼布料製成的長袍，手提牛角穿鑿而成的燈，燈柄是節節相接的蘆葦桿。他對青年漁夫說：「市集的攤位早已關閉，商品也都捆好了，你為何還坐在這裡？」

青年漁夫回答：「我在城裡找不到客棧，也沒有親人可投靠。」

「我們不都是親人嗎？」那商人說：「難道不是同一位神創造了我們？那就隨我來，我有客房可讓你休息。」

於是青年漁夫起身，跟著那商人回到他的住所。他們穿過一片石榴園，進入屋中，商人端來銅盤盛的玫瑰水讓他洗手，又端上熟透的香瓜為他解渴，最後擺上一碗米飯與一塊烤羊肉，供他食用。

等他用完餐，商人便帶他進入客房，讓他好好安睡。青年漁夫向他致謝，親吻了他手上的戒指，接著就倒臥在一張張用染色的山羊毛織成的地毯上。他蓋上一條黑羔羊毛做成的毯子，隨即沉沉睡去。

黎明前三個小時，天都還沒亮，靈魂喚醒青年漁夫，對他說：「起來吧，去那商人的臥房，他正熟睡。殺了他，拿走他的金子，因為我們現在需要錢。」

青年漁夫起身，躡手躡腳地走去商人的臥房。商人的腳邊橫放著一把彎刀，旁邊的托盤上則放著九個金袋。他伸手碰那把刀，指尖才剛碰到，商人便猛然驚醒，彈起身來奪過彎刀，對著他大喝：「你竟敢以惡報善，用流血回報我對你的好意嗎？」

靈魂對青年漁夫說：「動手吧。」於是他動手了，將商人打昏，隨後奪走那九個金袋，匆匆穿過石榴園逃走，一路奔往晨星升起的方向。

離城一里路之後，青年漁夫捶打胸膛，對他的靈魂說：「你為何叫我殺了那商人，奪走他的金子？你真是邪惡！」

靈魂回答他：「安靜吧，安靜些。」

「不！」青年漁夫喊道：「我才無法安靜，因為我痛恨你要我做的每一件事。我也痛恨你！我命令你告訴我，為何要這樣對待我？」

靈魂回答說：「當年你將我放逐，讓我孤身踏入人世時，沒有給我一顆心。於是我學會做這些事，也愛上做這些事。」

「你說什麼？」青年漁夫低聲問。

「你知道的，」靈魂答道：「你很清楚。難道你忘了？你沒有給我一顆心。我相信你沒忘記。所以，你不必再折磨自己，也別煩我，安靜吧。因為世上再也沒有你丟不下的痛苦，也沒有你無法享受的快樂。」

聽到這番話，青年漁夫渾身顫抖，對靈魂說：「不，你是邪惡的。你讓我忘記了我的愛人，引誘我陷入誘惑，讓我踏上了罪惡之路。」

靈魂答他：「你還記得，當年你驅逐我，沒有給我一顆心。來吧，讓我們去另一座城市找找樂子吧，畢竟我們有九個金袋呢。」

但青年漁夫撿起那九個金袋，用力扔到地上，狠狠地踐踏。

「不。」他喊道：「我不想再與你有任何瓜葛，也不想再與你同行。就跟我之前驅逐你一樣，現在我要再次趕走你，因為你沒給過我半點好處。」說完，他轉身背對月亮，用那把綠蛇皮柄的小刀，試圖割除他腳邊的影子，也就是靈魂的軀體。

但靈魂並沒有離開，也不理會他的命令，只對他說：「當年女巫教你的咒術已經沒用了，我已無法離開你，你也不能再趕我走。一個人一生之中，只能放逐靈魂一次，一旦接回靈魂，就必須永遠共存。這便是他的懲罰，也是他的獎賞。」

青年漁夫臉色發白，緊握雙拳，喊道：「她這個說謊的女巫，竟沒把這件事告訴我。」

「不，」他的靈魂回答：「她忠於她侍奉的那位，且永遠是祂的僕役。」

當青年漁夫明白，他再也無法擺脫自己的靈魂，而這個靈魂又是那麼邪惡，卻將永遠與他同在，他就跪倒在地，痛苦地大聲哭泣。

天一亮，青年漁夫站起來，對他的靈魂說：「我要綁住自己的雙手，免得遵從你的指使；我還要封住自己的嘴唇，免得說出你的話語。我要回到我愛的人住的地方。我要回到大海，回到那片她曾歌唱的小海灣。我會呼喚她，告訴她我犯下的罪，也告訴她你對我所作的一切惡行。」

靈魂試探他，說道：「你愛的人是誰，竟值得你回去找她？這世上比她更美的女子多的是。撒馬里斯的舞者會跳各種鳥獸之舞，她們的雙足染著指甲花顏料，手中搖著小銅鈴。她們一邊跳一邊笑，笑聲清脆，如同潺潺流水。來吧，我帶你去看她們。你又何必為罪惡而煩惱？好吃的東西，不就是給人享受的嗎？甜美的飲料裡，怎麼可能會有毒？別再擔心了，跟我去另一座城。離這不遠處，有座小城，城裡有片鬱金香園。園中住著白孔雀與藍孔雀，牠們開屏時，尾羽在陽光下有如象牙圓盤，也像鍍金之鏡。餵養牠們的女子，為了逗牠們而起舞，有時用手倒立，有時則以雙足演繹。她的眼睛沾了銻粉，鼻孔的形狀如燕翼，一邊的鼻孔上掛著一朵由珍珠雕成的花。她一邊笑一邊跳，腳踝上的銀鐲叮噹作響。你何必再擔心？跟我一起去那座城吧。」

但青年漁夫不回應靈魂，而是封起自己的雙唇，又用繩索緊緊綁住雙手。他踏上歸途。回到那海灣，也就是他愛的人曾經歌唱的地方。一路上，靈魂不斷誘惑他，他從不回應，也不肯做那些靈魂要他做的壞事，因為他心中的愛，強大得勝過一切。

當他抵達海岸，他解開手上的繩索，取下雙唇的封印，然後呼喚小美人魚。但她沒有回應他的呼喚。即使他呼喚了一整天，懇切乞求，她仍始終沒有出現。

靈魂嘲弄他說：「你從愛裡得到了什麼快樂？你像個垂死之人，還在往破瓶裡灌水。你把擁有的都給了出去，卻什麼也沒換回來。不如與我一起走，我知道快樂之谷在哪，也知道那裡會帶來什麼樣的歡愉。」

但青年漁夫沒有回應靈魂。他在岩縫中築了一間以柳條編成的小屋，住了一整年。每天清晨，他呼喚小美人魚；到了中午，他再次呼喚；入夜時，他也輕聲唸著她的名字。但她從未浮上海面與他相見。他遍尋大海，找遍海中的洞穴、翠綠的水波間、潮汐匯聚的水池，甚至跑到海底幽暗的泉眼之中探尋，他依然找不到她。

而他的靈魂仍不斷以邪惡誘惑他，在他耳邊低語著可怕的念頭。但這一切都無法動搖他，因為他心中的愛，強大得勝過一切。

一年過去，靈魂心想：「我用邪惡誘惑我的主人，卻比不過他心中的愛。現在我要改以良善誘惑他，也許他就會跟我一起離開。」

於是他對青年漁夫說：「我告訴過你這世界的快樂，你卻充耳不聞。現在讓我來告訴你這世界的痛苦，也許你會願意聽。因為痛苦才是這世界真正的主宰，沒人能逃出它的網羅。有的人衣不蔽體，有的人餓得皮包骨。痲瘋病有的寡婦身穿紫衣，高居富貴，有的寡婦則披著破布，貧困潦倒。痲瘋病人在荒地裡生活，彼此殘忍對待。乞丐遊走在大道上，口袋空空。饑荒出沒在各個街道，瘟疫盤踞在城門。來吧，讓我們去修補這些苦難，讓它們不再存在。你為何還留在這裡，苦苦呼喚你的愛人？她已不再回應你。愛又算得了什麼，竟讓你如此看重？」

但青年漁夫沒有回答他，因為他心中的愛實在太強大了。每天清晨，他呼喚小美人魚；到了中午，他再次呼喚；入夜時，他也輕聲唸著她的名字。但她從未浮上海面與他相見。他遍尋大海各處，找遍浪底之谷，翻找黑夜時紫色的海，也探尋黎明時灰白色的浪頭，都不見她的蹤影。

又一年過去。夜裡，當青年漁夫獨自坐在小屋中，靈魂對他說：「你看！我用邪惡誘惑你，也用良善誘惑你，卻發現你的愛都比我更強大。所以我不再試圖誘惑你。但我請求你，容我再次進入你的心，好讓我與你合而為一，就跟以前一樣。」

「你當然可以進來，」青年漁夫說：「你少了一顆心，又獨自在世上漂泊的日子裡，必定吃了很多苦。」

「唉！」靈魂喊道：「我找不到可以進入的縫隙，你的心已經被愛緊緊包覆。」

「我真希望能幫到你。」青年漁夫說。

他才剛說完，海中便傳來一聲哀號，那是海族死去時，世人所能聽見的悲鳴。青年漁夫猛然跳起，衝出他用柳條搭建的小屋，奔向海岸。

黑浪快速湧上沙灘，推著一個比白銀還潔白的身影——潔白如浪花，浮在波濤之間如花朵般飄蕩翻飛。海浪把她推給海沫，海沫把她交給海岸，青年漁夫於是看到，躺在他腳邊的，正是那小美人魚的身體。她已經死了，靜靜地躺在他腳邊。

他心痛得大哭起來，撲倒在她身旁，親吻著那冰冷卻鮮紅的雙唇，撫弄著濕潤的琥珀色髮絲。他倒在她身旁的沙灘上哭泣，如同激動而顫抖的人那般，他用深色的手臂將她摟進懷中。她的唇是冰冷的，他卻吻了一遍又一遍；她蜜色的髮絲鹹如海水，他卻嚐到苦中帶甜的滋味。他親吻那緊閉的雙眼，眼上停留的浪花也不比他流下的眼淚還鹹。

他向那已逝的軀體懺悔，在她耳中低語他那苦如烈酒的往事。他將她的小手環繞在自己的脖子上，用指尖撫過她那細如蘆葦的喉嚨。他的喜悅，是苦澀的，極其苦澀；而他的痛苦，也充滿了一種奇異的快樂。

漆黑的大海緩緩逼近，白色泡沫發出的聲音像是痲瘋病人的呻吟。浪花如白色的利爪，抓著岸邊。來自海王宮殿的哀鳴再度傳來，而在遙遠的海面上，海之信使特里同族吹響了低沉的號角。

「快逃吧，」他的靈魂說：「大海正不斷逼近，若你再逗留，它將奪走你的性命。快逃吧，我害怕了，你的心因為愛太深，將我拒於門外。逃往安全之地吧，難道你真要把我這樣一個無心者，再次送往另一個世界嗎？」

但青年漁夫不理會他的靈魂，只呼喚小美人魚說：「愛勝於智慧，比財富更珍貴，比世間女子的雙足更美麗。火焰燒不盡，水也無法熄滅。我在黎明呼喚你，你卻未曾回應我的呼喚；月亮都聽見了你的名字，你卻始終沒理會我。因為是我犯了錯，離開了你，我走上一條傷害自己的路。然而，你對我的愛一直與我同在，始終堅定。即使我見過惡，也見過善，仍沒有任何事物能戰勝這份愛。如今你已死，我必與你一同赴死。」

靈魂懇求他離去，他卻不願意，因為他的愛是如此強大。海水一波波逼近，波浪試圖把他淹沒。他明白自己的終點即將來臨，瘋狂地吻著小美人魚冰冷的雙唇。而他的心，也在那一刻碎裂。

正因為愛的太深切，他的心破碎了。這時，靈魂終於找到了入口，走進他的身體，再度與他合而為一，如從前一樣。接著大海的波浪將青年漁夫淹沒。

隔天清晨，祭司前往海邊，要為那片一直動盪不安的海水施以祝福。與他同行的有僧侶、樂師、拿蠟燭的人、搖著香爐的人，以及一大群民眾。

當祭司來到海岸，看見青年漁夫淹死在海浪中，懷中緊緊摟著小美人魚的屍體。他皺起眉頭退了幾步，舉手畫了個十字，大聲說道：「我不會為這片海，也不會為其中的任何事物施以祝福。我願海族的人受詛咒，我願所有跟他們往來的人受詛咒。至於這個人，他因為愛而背棄神，如今與愛人都遭到神的審判。抬走他們的屍體，埋在漂布人的田裡[26]，不可立碑，不做記號，讓世人無法得知他們的安息之地。因為他們生前受了詛咒，死後也應當如此。」

眾人於是按照祭司的命令，在漂布田的一角挖了深坑，那裡寸草不生、芳草不長，就將那兩具死屍埋在其中。

26 漂布人的田在聖經中是潔淨與審判的象徵，須經火煉與鹼洗方能得潔。

三年過去。那一年的某個聖日，祭司走入小教堂，準備向民眾展示主的聖傷，並講述神之震怒。

他身披祭袍，進入聖堂，在祭壇前俯身致敬時，他看見壇面上鋪滿一種從未見過的奇異花朵。它們模樣奇特，卻散發罕見而神祕的美，美得令他不安。甜美的花香撲鼻而來，令他感到喜悅，而他卻不明白那喜悅從何而來。

他開啟聖櫃，薰香供奉其中的聖體器，又向眾人展示那潔白的聖餅，再將它重新藏在層層帷幕之後。他開始向民眾講道，原本打算講述神之震怒。

但那白花的美擾亂了他，甜美的花香縈繞在他鼻間。脫口而出的是另一種話語。他講的，不再是神的震怒，而是講述那名為「愛」的神。至於他為何會那樣說，連他自己也不明白。

等他講完，眾人都哭了。祭司回到聖器室，眼裡滿是淚水。幾位執事進來，為他脫去祭袍，解下長袍、腰帶、袖帶與肩帶。他站在那裡，如同置身夢境之中。

卸下祭袍後，看著他們問道：「祭壇上的花是什麼花？從哪裡來？」

他們回答說：「我們也不知道那是什麼花，只知道是從漂布人的田裡長出來的。」

祭司聽了，渾身一震，回到自己的屋裡禱告。

第二天一早，天才剛亮，他便帶著僧侶、樂師、拿蠟燭的人、搖著香爐的人，還有一大群民眾，一同來到海邊。他為海施以祝福，也祝福海中所有野性的生靈。他祝福森林裡的牧神法恩，還有在林間跳舞的小東西，以及從葉間探出靈動眼睛的小生命。他祝福上帝所造的萬物，眾人滿心喜悅與驚奇。

不過自那以後，漂布人的田再也沒有長出任何花朵，那片土地如同從前一樣，依舊貧瘠。而海族也不再來到那片海灣，因為他們去了海的別處。

星孩

THE STAR-CHILD

從前，有兩個貧窮的樵夫，正穿越一片廣闊的松林，準備回家去。那是個寒冷刺骨的冬夜，地上與枝頭覆滿了厚厚的雪，他們走過時，兩旁的枯枝被折得劈啪作響。當他們來到山澗，只看到水流凝結在半空中，因為冰之王給了她一個吻。

天寒地凍，連動物和鳥兒也不知所措。

「嗚！」狼夾著尾巴，一瘸一拐地穿過灌木叢，咆哮道：「這種天氣真是太可怕了。政府怎麼不管管呢？」

「啾！啾！啾！」綠色的小鶸鳥吱喳叫著：「那年邁的大地已死去，有人為她蓋上了白色的裹屍布。」

「大地要出嫁了，這是她的婚紗呢。」斑鳩們彼此耳語著。牠們粉紅色的小腳都凍傷了，但還是覺得用浪漫的眼光去看待這一切是自己的責任。

「胡說！」狼咆哮著：「我告訴你們，這全都是政府的錯。如果不信，我就把你們吃了。」狼的腦袋非常務實，辯論的時候總是很有一套。

「至於我嘛，」天生是個哲學家的啄木鳥說：「我才不在乎什麼理論。事實就是事實，現在，就是冷得要命。」

天氣確實冷得要命。住在高大杉樹裡的小松鼠們，彼此摩擦著鼻子取暖，兔子們蜷縮在洞穴裡，連探頭出去的勇氣都沒有。唯一樂在其中似乎只剩大角貓頭鷹，他們的羽毛上結滿了霜花，但毫不在意，反而瞪著巨大的黃眼睛，隔著森林對彼此喊道：「嘟呼！嘟嗚！嘟呼！嘟嗚！今天的天氣多棒啊！」

兩個樵夫一路吹著凍僵的手指，踏著他們的鐵釘大靴子，踩著結塊的積雪繼續前行。他們有次陷入深深的積雪堆，爬出來時滿身雪白，就像磨坊裡磨粉的工人；又有一次，他們踩到結冰的沼澤水面，滑了一跤，捆好的柴枝散落一地，只得彎腰一一撿回，再重新綁緊；還有一次，他們以為迷了路，驚恐萬分，因為他們知道，雪地對那些睡在她懷裡的人，是殘酷無情的。但他們把希望寄託在守護旅人的聖馬丁身上，於是他們繼續沿原路折返，小心前行，終於來到森林邊緣，遠遠地望見谷底村莊透出來的燈光，那就是他們居住的地方。

他們欣喜若狂，大聲笑了起來。在他們眼中，只覺得大地像一朵銀色的花，月亮則像一朵金色的花。

但他們笑了之後，卻突然悲從中來，因為他們想起了自己的貧困。其中一人對另一人說：「我們為什麼要笑，我們看到人生是屬於有錢人，而不是我們這種人。要是凍死在森林裡，或被野獸吞噬，也許還比較好。」

「的確，」他的同伴回答：「有些人得到的太多，而有些人卻幾乎一無所有。不公平瓜分了整個世界，唯有悲傷人人平等。」

正當他們互相哀歎命運的時候，有件奇異的事發生了。從天上墜落下一顆明亮而美麗的星星，它滑過夜空的邊緣，一路越過其他星辰，當他們驚奇仰望，只見那星星似乎落在不遠處一叢柳樹的後方，柳樹的旁邊有個小羊圈，離他們只有一箭之遙。

「看啊！誰找到，就發財了！」他們叫道，立刻奔跑起來，如此渴望能得到黃金。

其中一人跑得比較快，把同伴甩在後頭。他奮力穿過柳樹叢，來到另一邊，果然！雪地上躺著一個金色的東西。他急忙跑上前，彎下身子伸手去撿，只看到一件金絲織成的斗篷，上面繡滿奇異的星星，層層纏繞。

他大聲呼喚同伴，說他找到了從天而降的寶物。同伴趕到後，他們便一起坐在雪地上，小心解開斗篷的層層折疊，準備分金子。

然而，唉！裡面既無黃金，也無白銀，更別說其他寶藏了，只有個正在熟睡的小孩。

其中一人說：「這結局真令人心碎，我們的運氣還是這麼差。孩子對我們有什麼用？不如把他留在這裡，走吧。我們已經很貧窮，還有自己的孩子要養，怎能將麵包分給別人？」

但他的同伴回答道：「不行，我們不能把孩子丟在雪地裡任他死去，這是極惡之舉。我和你一樣窮，也有許多張嘴要養，鍋裡也沒剩多少東西，但我還是要把他帶回家，我老婆會照顧他的。」

於是，他非常溫柔地抱起孩子，用那件斗篷裹住，遮擋刺骨的寒風，沿著山坡朝村子走去。同伴在一旁看著，對他的愚蠢與心軟大感訝異。

來到村子，同伴對他說：「孩子歸你，那斗篷就該歸我，我們總得公平。」

但他回答：「不，這斗篷不是我的，也不是你的，是這孩子的。」他說完便祝同伴一路平安，轉身朝自己的家走去，然後敲門。

他的妻子打開門，看見丈夫平安歸來，便摟著他的脖子，親吻他，接過他背上的柴束，幫忙拍去靴子上的積雪，讓他進屋。

但他卻站在門前，說：「我在森林裡找到某個東西，特地帶回來，要你來照顧。」

「是什麼？」她喊道：「快給我看看，我們家什麼都缺，還需要好多東西呢。」於是他掀開斗篷，給她看那熟睡的孩子。

「唉呀，老爺啊！」她低聲說：「咱們自己還有孩子呢，你怎麼又帶個來路不明的孩子回來，讓他坐在我們的爐火旁？誰知道這孩子會不會帶來厄運？我們又怎麼養得起他？」她很生氣。

「不，他是個星孩。」他回答，並把找到孩子的奇異經過講給她聽。

但她沒有釋懷，反而譏諷他，生氣地說：「咱們的孩子連麵包都吃不飽，難道還要養別人的孩子嗎？誰來照顧我們？誰來給我們送食物？」

「沒有，但上帝連麻雀都會眷顧，也餵養牠們。」他回答。

「麻雀不就是在冬天餓死嗎？」她反問：「現在不正是寒冬嗎？」

那人沉默不語，只是站在門口。

一陣刺骨的寒風，從敞開的門口灌進屋內，讓她凍得直發抖。她哆嗦著說：「你還不把門關上嗎？寒風吹進來了，好冷啊。」

「住在一個鐵石心腸的屋子裡，吹進來的不總是苦寒的風嗎？」他問。女人沒有回答，只是更靠近火堆。

過了一會兒，她轉過身來看他，眼中滿是淚水。他連忙走進屋內，把孩子放進她懷裡。她低頭親了親孩子，然後把他輕輕放進家中最小的孩子躺著的小床上。

隔天早晨，樵夫把那件奇異的金絲斗篷收進一個大箱子裡。他的妻子則摘下繫在孩子頸上的那串琥珀項鍊，一併放進了箱子。

就這樣，星孩與樵夫家的孩子們一起長大，一起吃飯，成了他們的玩伴。年復一年，他長得越來越俊美，讓村子裡的人驚嘆不已。因為村民大多是膚色黝黑、深色頭髮，但他卻白皙細緻，宛如削好的象牙，而他捲曲的頭髮，則像是黃水仙的花圈。他的雙唇如赤紅的花瓣，雙眼宛如河畔旁的紫羅蘭，而他的姿態則如同荒地裡盛放的水仙。

但他的美貌卻為他帶來了惡果。他變得驕傲、殘酷又自私。他瞧不起樵夫家的孩子們，也鄙視村裡其他的孩子，說他們出身卑賤，自己則高貴非凡，因為他來自星辰。他自封是他們的主人，稱他們是自己的僕人。

他對窮人、盲人、殘疾人，乃至一切受苦之人都毫無憐憫，甚至會拿石子丟他們，把他們驅逐到大路上，叫他們去別處討飯，於是除了那些無處可去的流浪漢，沒有人會再來這個村子乞討第二次。事實上，他是個迷戀美貌的人，他會嘲弄那些虛弱或長相醜陋的人，拿他們當笑柄，只對自己滿懷自戀。

夏日無風的時候，他常常躺在神父果園裡的井邊，俯視水中那張奇麗的臉龐，為自己的美貌哈哈大笑。

樵夫與他的妻子常常責備他，說道：「當年我們可不是這樣待你的，為什麼你現在要這樣對待那些孤苦無依、無人救助的人？你對那些需要憐憫的人，為何都這樣無情？」

老神父也常常叫人找他過去，想教導他憐愛眾生，對他說：「蒼蠅也是你的兄弟，不可傷害。林中自由飛翔的鳥兒，享有自由，不可為了取樂而誘捕。上帝創造了盲蛇與鼴鼠，每個生命在這世上都有自己的位置。你不過是個人，竟敢在上帝的世界播下痛苦？就連田野間的牲畜也懂得讚美祂呢。」

但星孩根本不聽這些，反而皺起眉頭，表現不屑。隨即跑去找他的同伴，繼續驅使他們。那些同伴們追隨著他，因為他容貌俊美，動作敏捷，又會跳舞、吹笛，也擅長音樂。星孩帶他們去哪，他們就去哪；星孩叫他們做什麼，他們都照做。當他拿尖銳的蘆葦刺瞎鼴鼠黯沉的眼睛時，他們哄然大笑；當他用石頭丟痲瘋病人時，他們也大笑。他在各方面都主導他們，他們的內心也變得像他一樣無情。

某天，有個貧苦的婦人來村子討飯。她衣衫襤褸，雙腳因長途跋涉在崎嶇的道路上而流著血，處境極其悲慘。她疲憊不堪，便在一棵栗樹下歇息。

星孩見到她，便對同伴們說：「你們看！那棵綠葉繁茂的樹下，坐著一個骯髒醜陋的乞丐。跟我來，我們把她趕走，因為她又醜又礙眼。」

於是他走近那婦人，向她扔石頭，還嘲笑她。婦人眼中滿是懼怕，卻沒有移開視線。這時，樵夫正在附近的荒地劈柴，看到星孩的作為，立刻跑上前斥責，說道：「你真是鐵石心腸，毫無憐憫之心。這可憐的婦人有對你做了什麼，讓你非得這樣對她不可？」

星孩氣得滿臉通紅，跺腳大聲說：「你算什麼，竟敢來管我？我又不是你兒子，不必聽你使喚！」

「你說得真對，」樵夫回答：「可是我當初在森林撿到你時，卻是滿懷憐憫。」

婦人聽到這番話，突然放聲大哭，便暈了過去。樵夫連忙將她抱回家中，讓妻子細心照料她。等她從昏迷中醒來，他們又端上食物與飲水，請她安心休養。

但她既不肯吃，也不肯喝，只是對樵夫說：「你剛才說，那孩子是在森林裡找到的？而且正好是十年前的今天，對吧？」

樵夫答道：「是啊，我在森林裡找到他，從今天算起，剛好十年。」

「那麼，他身上那時有沒有什麼信物？」她急切地問：「脖子上是不是掛著琥珀項鍊？身上是不是披著一件繡有星星的金絲斗篷？」

「沒錯，跟你說的一模一樣。」樵夫回答，便從箱子裡取出那件斗篷和琥珀項鍊，拿給她看。

女人一見，便喜極而泣，說道：「他是我在森林裡失散的小兒子啊！求求你，快把他叫來吧。我為了找他，已經走遍了整個世界。」

於是樵夫和他的妻子出去，呼喚星孩，對他說：「進屋去吧，你的母親正在裡面等著你呢。」

星孩心中滿是好奇與喜悅，他跑了進去。但當他看見屋裡等著他的人，卻冷笑起來，說道：「咦，我的母親在哪裡？我只看見一個醜陋骯髒的要飯女人而已。」

婦人說：「我就是你母親啊。」

星孩生氣地叫道：「妳瘋了吧，不，我才不是妳兒子。你只是個乞丐，又醜又破爛。快滾吧，別再讓我看到妳難看的臉。」

「不，你真的是我在森林裡生下的小兒子」她哭喊道，並跪倒在地，向他伸出雙臂。「那時，盜賊從我懷中把你奪走，拋棄在森林裡，任你自生自滅。但我一看到你就認出來了，也認出了那些信物，繡有星星的金絲斗篷和琥珀項鍊。因此，我求求你，跟我走吧，我已經為了找你走遍天涯海角。跟我走吧，我的孩子，我需要你的愛。」

但星孩一動也不動，只冷酷關上他的心門，任女人痛哭的聲音在屋內迴盪。

最後他終於開口，聲音冰冷而尖刻：「如果妳真的是我的母親，」他說：「那麼妳還不如永遠別出現，至少不會讓我丟臉。我原以為自己是某個星辰的孩子，結果妳卻告訴我，我是乞婦之子。所以，妳快走吧，我不想再見到妳。」

「唉！我的孩子。」她說：「我走之前，你能親我一下嗎？為了找你，我受了好多苦啊。」

「不能，」星孩說：「妳太醜陋了，我寧願親毒蛇或癩蛤蟆，也不願親妳。」

於是婦人起身，淚流滿面地走進森林。星孩看她離去很是高興，隨即跑回同伴那裡想和他們一起玩耍。

然而，他的同伴們見到他便嘲笑：「看啊，你像癩蛤蟆一樣醜，像毒蛇一樣噁心。走開，我們才不要和你一起玩。」於是他們將他逐出花園。

星孩皺起眉頭，心想：「他們在說什麼？我要去井邊照照自己的模樣，水中的倒影會告訴我我有多好看。」

他走到神父果園的井邊，低頭望去，啊！他的臉竟如癩蛤蟆般醜陋，身體還布滿像毒蛇一樣的鱗片。

他撲倒在草地上痛哭，自言自語道：「這一定是因為我犯下的罪孽。因為我不認我母親，趕她走，對她驕傲又殘忍。所以我要去找她，走遍全世界，除非找到她，否則我絕不停止腳步。」

樵夫的小女兒走到他身邊，把手搭在他肩上說：「就算你失去了美貌，又有什麼關係？留在這裡吧，我不會嘲笑你的。」

他回答：「不，我對我母親太殘忍了，這是上天給我的懲罰。所以我必須離開，走遍世界去尋找她，直到她原諒我為止。」

於是他跑進森林，大聲呼喚他的母親，但無人應答。他整天不停呼喊，直到日落，才在樹葉鋪成的床上躺下休息。

鳥兒與獸類都避開他，因為牠們還記得他的殘暴行徑。所以他孤零零躺著，陪伴他的只有一隻盯著他看的癩蛤蟆，以及一條緩緩爬過的毒蛇。

第二天早晨，他起身，從樹上摘了些苦澀的野果充飢，然後繼續穿越森林，一邊走一邊哭。

凡在路上遇見的每一個生命，他都會詢問是否見過他的母親。

他問鼴鼠：「你能鑽入地底，告訴我，我的母親是否在那裡？」

鼴鼠回答：「你弄瞎了我的眼睛，我怎麼看得見？」

他問紅雀：「你能飛越高樹，俯瞰整個大地，你有看到我的母親嗎？」

紅雀回答：「你為了取樂，剪斷了我的翅膀，我要怎麼飛？」

他又對杉樹上那隻孤單的小松鼠說：「我的母親在哪裡？」

小松鼠回答：「你殺了我的母親，難道現在也想殺了你自己的？」

星孩聽著哭了，他低下頭，祈求上帝的寬恕，然後繼續穿越森林，尋找那個要飯的婦人。

第三天，他終於走出了森林，來到一片開闊的平原。

他經過各個村莊時，孩子們嘲笑他，向他投擲石塊。農夫們不允許他在牛棚過夜，怕他的醜陋會讓穀物的發霉。連傭工們也將他趕走，沒一個人憐憫他。

無論他走到哪裡，都打聽不到母親的消息。他跋涉了整整三年，走遍世界各個角落，有時在路上似乎看見她的身影，便大聲呼喚，追趕上去，直到鋒利的碎石割破他的雙腳。

但他始終追不上她。沿途的人們要不是否認見過她，就是拿他的悲傷開玩笑。

在那三年間，他流浪於世界各地，而這世界對他來說，沒有愛，沒有慈悲，也沒有憐憫。正如他從前傲氣的日子裡，為自己築起的那個世界一樣。

某天傍晚，他來到一座河邊的城市，環繞著堅固城牆。雖然他已疲憊不堪，雙腳破損腫痛，但仍試圖進城。

守門的士兵把長戟橫在門口，粗暴地問他：「你到城裡來做什麼？」

「我來尋找我的母親，」他回答：「求你們讓我進去吧，說不定她就在這座城裡。」

士兵們嘲笑他，其中一個鬍鬚濃密的士兵放下盾牌，說道：「說真的，你母親要是看到你，也高興不起來吧，因為你比沼澤裡的癩蛤蟆還要醜，比泥潭裡爬行的毒蛇還噁心。快滾！快滾！你母親可不住這裡！」

另一個手持黃旗的士兵也問他：「你母親是誰？為什麼要找她？」

他回答：「我母親和我一樣是乞丐。我之前對她很無情，但現在我想找她，向她求得寬恕。求求你們，讓我進去吧，她可能還留在城裡。」

但士兵們不肯放行，反而用長矛戳他。

他流著淚，轉身離開。這時，有個人走了過來，身穿鑲有金色花紋的盔甲，頭盔上有隻長著翅膀的獅子。他向士兵詢問這個試圖要入城的人是誰。

士兵們回答：「是個乞丐，還是個乞丐的孩子，我們把他趕走了。」

那人哈哈大笑，說：「不如把這個醜八怪賣去當奴隸，他的身價嘛，換一碗甜酒差不多。」

正好有個面容醜惡的老頭路過，大聲喊道：「那我就用這個價錢買下他。」他付了錢，拉著星孩的手，把他帶進了城裡。

他們穿過許多街道，來到一扇小門前，那小門隱身在一堵長滿石榴樹的牆上。老頭用一枚雕花的玉戒指輕觸這扇門，門便自動打開了。

兩人走下五階黃銅樓梯，來到一座花園，那裡滿是黑罌粟花與綠色陶壺。

老頭從頭巾裡取出一條花紋絲巾，蒙住星孩的眼睛，趕著他向前走。

絲巾被取下時，星孩發現自己身處在地牢裡，只有一盞牛角燈照亮四周。

老頭在他面前放了一塊發霉的麵包說：「吃吧。」又端來一杯鹹澀的水說：「喝吧。」

等他吃完喝完，老頭便走了出去，把門鎖上，還用一條鐵鍊牢牢鎖住。

隔天早晨，那老頭進來了。他其實是利比亞最狡猾的魔法師，曾向一位居住在尼羅河墓穴中的人學得祕術。老頭皺著眉對星孩說：「在這座名為嘉奧爾城附近，有一片森林。那裡藏著三塊金子，一塊是白金，一塊是黃金，還有一塊是紅金。你今天必須把那塊白金帶回來給我。如果你空手而回，我就會用鞭子抽你一百下。快去吧！日落時，我會在花園門口等你。一定要把白金給我帶回來，否則你就有苦頭吃了。因為你是我的奴隸，我已用一碗甜酒的價錢買下你。」

他說完便用花紋絲巾蒙住星孩的眼睛，帶他穿過房子，經過罌粟花園，再走上五階黃銅階梯。他用玉戒指開啟那扇小門，讓他走到街上。

星孩走出城門，來到魔法師所說的那片森林。

這片森林從外觀看去十分美麗，彷彿到處都是鳥語花香，星孩開心地走了進去。然而這些美景對他一點好處都沒有，因為無論他走到哪裡，地上都會竄出粗硬的荊棘與蒺藜，將他包圍。惡毒的蕁麻刺痛他的肌膚，薊草的尖刺像匕首般深深扎入，使他痛苦萬分。

他從早晨找到中午，又從中午找到日落，卻始終找不到魔法師所說的白金。

黃昏時，他哭著走回城門。他知道等待自己的將是殘酷的懲罰。

但當他走到森林邊緣，突然聽見叢林深處傳來痛苦的叫聲。他忘了自己的悲傷，轉身跑去找聲音的來源，只見一隻小兔子被獵人設下的陷阱夾住了。

星孩心生憐憫，解救了小兔子，並對牠說：「我如今不過是個奴隸，但我仍可以把自由還給你。」

小兔子說：「你還我自由，我該如何報答你呢？」

星孩說：「我正在找一塊白金，可是到處都找不到。如果我沒有把它帶回去，主人就會鞭打我。」

小兔子說：「跟我來，我知道白金藏在哪裡，也知道它為何被藏起來。」

星孩跟著小兔子走去，果然在一棵巨大的橡樹裂縫中，看見了那塊他苦苦尋找的白金。

他滿心歡喜，立刻取了出來，對小兔子說：「我曾助你一命，你卻加倍回報；我只付出一點善，你卻百倍奉還。」

小兔子回答：「不，我只是像你待我那般待你而已。」說完，牠便迅速跑走了。

星孩於是朝向城門走去。

城門口坐著一個痲瘋病人，他臉上罩著灰色麻布的頭罩，只從小孔中露出紅色的雙眼，彷彿炭火般閃閃發亮。

他看見星孩走來，便敲打木碗，搖著手上的鈴鐺，向他哀求道：「施捨我一點錢吧，不然我會餓死。他們把我趕出城，沒人可憐我。」

星孩說：「唉！我身上只剩這一點錢，不給主人的話就會被鞭打，因為我是他的奴隸。」

他。

但痲瘋病人不斷哀求，星孩再次動了憐憫之心，把那塊白金施捨給了他。

星孩回到魔法師的屋子，魔法師開門帶他進來，問道：「你帶回白金了嗎？」星孩回答：「沒有。」

魔法師撲上前，痛打他一頓，然後丟給他一個空盤子說：「吃吧！」又擺上一個空杯子說：「喝吧！」接著再次把他關進地牢。

隔天早晨，魔法師又來到他面前，說道：「如果你今天還是沒把黃金帶回來，我就永遠把你當奴隸，還要鞭打你三百下。」

於是星孩再度前往森林，整天尋找那塊黃金，卻無論如何都找不到。

到了日落，他坐在地上放聲大哭，這時那隻曾被他救出陷阱的小兔子又來到他身邊。

小兔子問他：「你為什麼哭？你在森林裡找什麼？」

星孩回答：「我在找一塊藏在這裡的黃金。如果找不到，主人會打我，還要永遠把我當奴隸。」

「跟我來吧！」小兔子叫道，牠跑過森林，帶他來到一處水塘。那塊黃金就在水塘的底部。

「我該怎麼感謝你？」星孩說道：「這已經是你第二次幫助我了。」

「不，是你先憐憫了我。」小兔子回答，說完便迅速跑走了。

星孩撿起黃金，放進自己的小袋子裡，急忙趕回城裡。

但痲瘋病人看見他來了，便迎上前去，跪下懇求道：「施捨我一點錢吧，不然我就要餓死了。」

星孩說：「我袋子裡只剩下一塊黃金，如果不交給主人，他就會打我，還要永遠把我當奴隸。」

可是痲瘋病人苦苦哀求，星孩再次動了憐憫之心，將那塊黃金給了他。

他回到魔法師的屋子，魔法師開門帶他進來，問道：「你帶回黃金了嗎？」

星孩回答：「沒有。」

魔法師大怒，再次痛打他一頓，給他戴上沉重的鐐銬，再把他關進地牢。

隔天早晨，魔法師又來到他面前，說道：「今天如果你帶回紅金，我就放你自由。若帶不回來，我一定會殺了你！」

星孩再度進入森林，整天尋找那塊紅金，但無論如何也找不到。

傍晚時分，他又坐在地上痛哭。這時，小兔子再次來到他身邊。

小兔子說：「你要找的紅金，就在你身後的山洞裡。所以不要再哭了，開心點。」

「我該怎麼報答你呢？」星孩喊道：「這已經是你第三次救了我！」

「不，是你先憐憫了我。」小兔子說完又迅速跑走了。

星孩走進山洞，在最深處到了那塊紅金。他將紅金收進袋中，急忙趕往城市。

這時，痲瘋病人又站在路中央，向他呼喊道：「把那塊紅金給我吧，不然我就要餓死了！」

星孩再次憐憫了他，便將紅金也施捨給他，說道：「你比我更需要它。」

但他的內心依然沉重，因為他知道等待自己的將會是殘酷的命運。

然而，就在他穿過城門時，守衛們竟紛紛向他俯身致敬，說著：「我們的王真是美麗無比！」城中百姓也跟隨在他身後，高聲喊道：「世上再也找不到這麼美麗的人了！」

星孩聽了流下眼淚，心想：「他們是在譏笑我，嘲弄我的苦難。」百姓們蜂擁而至，人群多到讓他迷了路，最後來到一座宏偉的廣場，廣場中央矗立著國王的宮殿。

宮殿的大門敞開，城裡的祭司與高官都跑出來迎接，向他俯伏叩拜，說道：「你就是我們等待已久的王，國王之子。」

星孩回答他們說：「我不是什麼國王之子，只是一個貧窮乞婦的孩子。你們怎麼會說我俊美呢？我明明就醜陋不堪啊。」

這時，那位穿著金色花紋的盔甲，頭盔上有隻長著翅膀的獅子的士兵，舉起一面盾牌，高聲說：「我王怎能說自己不俊美？」

星孩抬頭一看，只見面容竟然恢復如初，就像從前一樣。他還在自己眼中，看見了從未顯現的光彩。

祭司和高官們紛紛跪下，對他說：「很久以前就有預言，今日將有一位統治者降臨。請我王接受這頂王冠與這根權杖，以公正與慈悲統治我們。」

但星孩對他們說：「我不配，因為我曾不認生我的母親。我不能安居於此，直到找到她，得到她的寬恕為止。所以請讓我離開，我得繼續四處流浪，哪怕你們奉上王冠與權杖，我也不能停留。」

說著，他轉身看向通往城門的大街。這時他在人群中看見了那個乞婦——他的母親，而她身旁則是那名坐在路邊乞討的痲瘋病人。

他發出喜悅的驚呼，奔跑過去，跪在地上，親吻他母親雙腳，他的眼淚濕潤了她腳上的傷口。他低頭埋沒在塵土中，痛哭失聲，彷彿心都要碎了一般，哭道：「母親，我在驕傲之時不認妳，請在我謙卑之時接納我。母親，我曾埋怨妳，如今只盼你愛我！母親，我曾拒絕妳，如今只求你接納我！」

但乞婦一句話也沒有回答。

星孩伸出雙手，緊緊抱住痲瘋病人潔白的雙足，說道：「我曾經三次憐憫你，請你讓我母親跟我說一句話吧。」

但那痲瘋病人也一語不發。

星孩又哭著說：「母親，痛苦已超出我所能承受。請原諒我，讓我回到森林裡去吧。」

這時，乞婦把手放在他的頭上，柔聲說：「起來吧。」痲瘋病人也把手放在他頭上，同樣對他說：「起來吧。」

他抬起頭，看著他們，啊！他們竟然是國王與皇后。

皇后對他說：「這是你的父親，你幫助過他。」

國王對他說：「這是你的母親，你用眼淚洗淨她的雙足。」

他們擁抱他，親吻他，把他帶進宮殿，給他穿上華麗的衣裳，戴上王冠，將權杖交到他手中。從此，他便統治著這座臨河的城市，成為這裡的君主。

他以公正與慈悲治理國家，將那惡毒的魔法師驅逐出境，並送給樵夫與他的妻子許多珍貴的禮物，還授予他們的孩子高貴的榮譽。

他不容許任何人虐待鳥獸，教導百姓慈愛、友善，以及樂於助人。他將麵包賜給窮人，將衣裳送給赤身的人，整個國家充滿和平與富足。

然而，他的統治並未持續太久。過去的苦難太過沉重，歷經的試煉太過殘酷。三年之後，他便離世了。

而在他之後繼位的人，卻是一位暴虐的國王。

生而為王爾德

BORN TO BE WILDE

誰說人生只能選一種劇本？王爾德把每個角色都演成傳奇。
走進他人生的五個關鍵場面，細看他不平凡的故事。

1 故事爸爸 Once Upon a Dad

2 純愛戰士 Love, Wild(e)ly

3 女力大使 Run the World (Girls)

4 時尚教主 That's Wilde

5 絕世網紅 And the Oscar Goes to

圖｜大英圖書館

圖｜維基共享資源

Once upon a dad 故事爸爸

故事說一半先下臺

與妻子康斯坦絲．勞埃德一同養育兩位男孩西里爾和維維恩。王爾德為兒子們創作童話，並在睡前唸給他們聽。這些故事後續收進《快樂王子》。王爾德入獄時，兩位兒子年僅十歲與九歲，此後也未能與他們重逢。

Love, Wild(e)ly 純愛戰士

驚動世界在所不惜

因才情與美感互相吸引，與艾佛瑞．波西．道格拉斯發展為戀人。在藝術與青春的共鳴中，兩人無懼時代禁忌，不顧一切相愛。最終，波西的父親揭發了這段戀情，導致王爾德入獄。兩人關係也無疾而終。

圖｜大英圖書館

Run the World (Girls)
女力大使

姐妹聯手幹大事

圖｜大英圖書館

曾主編女性雜誌《女人世界》，關注女性的教育、地位與自主權，強調獨立思考與主體意識。他也提倡服飾改革，主張女性穿著應結合美觀與健康，反對壓抑身體自由的束縛時裝，成為維多利亞時代女性意識覺醒的重要標誌。

That's Wilde
時尚教主

藝術當成一種自傳

審美主義的代表人物，主張生活應像藝術般精緻。他以宮廷風短褲、天鵝絨外套等前衛穿搭，挑戰維多利亞時代的男裝規範，讓陰柔、花俏成為男性風格。他的穿著與配件，不僅展現個人美學，也成為反叛時代的時尚象徵。

圖｜大英圖書館

And the Oscar Goes to
絕世網紅
一開口就是流量

集機智、反諷與自信於一身，王爾德以幽默風趣的談吐和一針見血的言論，挑戰時代規範、批判社會現象，迅速成為倫敦上流社交圈的矚目焦點。他的經典語錄穿越世代，至今仍廣受傳誦。以下收錄他最常被引用的五句名言：

1 我們都身處陰溝，但仍有人仰望星空。

We are all in the gutter, but some of us are looking at the stars.

——《溫夫人的扇子》

2 我可以抗拒一切，除了誘惑。

I can resist everything except temptation.

——《溫夫人的扇子》

3 真相很少純粹，也從不簡單。

The truth is rarely pure and never simple.

——《不可兒戲》

4 世上只有一件事比被人討論還糟，那就是沒人討論你。

There is only one thing in the world worse than being talked about, and that is not being talked about.

——《格雷的畫像》

5 活著是世上最稀有的事，多數人只是存在而已。

To live is the rarest thing in the world. Most people exist, that is all.

——《社會主義下的靈魂》

圖｜大英圖書館

王爾德的祕密不只這些？！

收聽關於他的故事

New Black 041
王爾德童話故事集（王爾德逝世125週年日月紀念版，完整收錄《快樂王子》與《石榴屋》）
The Happy Prince and Other Tales & A House of Pomegranates（Sun & Moon Edition）

作者｜奧斯卡・王爾德（Oscar Wilde）
譯者｜林子揚

堡壘文化有限公司
總編輯｜簡欣彥　副總編輯｜簡伯儒
責任編輯｜曹雅晴　行銷企劃｜言外企畫
封面設計｜傅文豪　內頁設計｜IAT-HUÂN TIUNN

出版｜堡壘文化有限公司
發行｜遠足文化事業股份有限公司（讀書共和國出版集團）
地址｜231新北市新店區民權路108-3號8樓
電話｜02-22181417　傳真｜02-22188057
Email｜service@bookrep.com.tw
郵撥帳號｜19504465 遠足文化事業股份有限公司
法律顧問｜華洋法律事務所　蘇文生律師
印製｜呈靖彩藝有限公司
初版1刷｜2025年8月　定價｜新臺幣349元
ISBN｜（平裝）978-626-7728-15-4
（Pdf）978-626-7728-14-7
（Epub）978-626-7728-13-0

國家圖書館出版品預行編目 (CIP) 資料

王爾德童話故事集 / 奧斯卡 . 王爾德 (Oscar Wilde) 著 ; 林子揚譯 . -- 初版 . -- 新北市 : 堡壘文化有限公司出版 : 遠足文化事業股份有限公司發行 , 2025.08
面 ; 公分 . -- (New black ; 41) 王爾德逝世 125 週年日月紀念版 , 完整收錄 << 快樂王子 >> 與 << 石榴屋 >> 譯自 : The happy prince and other tales & A house of pomegranates, sun & moon ed.
ISBN 978-626-7728-15-4(平裝) 873.57 114009564